Werner Zager

Jesus und die frühchristliche Verkündigung

Historische Rückfragen nach den Anfängen

Neukirchener

Neukirchener Verlag
Verlagsgesellschaft des Erziehungsvereins mbH, Neukirchen-Vluyn

Druckvorlage: Dorothea und Werner Zager
Umschlaggestaltung: Hartmut Namislow
Gesamtherstellung: Breklumer Druckerei Manfred Siegel KG
Printed in Germany
ISBN 3-7887-1738-6

Die Deutsche Bibliothek - CIP-Einheitsaufnahme

Zager, Werner:
Jesus und die frühchristliche Verkündigung: historische Rückfragen nach den Anfängen / Werner Zager. - Neukirchen-Vluyn: Neukirchener, 1999
ISBN 3-7887-1738-6

Meinen Eltern

Vorwort

»Wer wirklich Geschichte treibt, wird auf die Anfänge zurückgehen ...« (GUSTAV KRÜGER*). Von diesem Wort lassen sich die folgenden exegetischen Untersuchungen leiten, die nach den Anfängen des Christentums zurückfragen.

Dabei richtet sich das Interesse nicht allein auf die ersten Ausformungen frühchristlicher Religion und Theologie, die sich mit Jesu Kreuzestod, den Osterereignissen und den Geisterfahrungen verbinden (Kapitel II-IV), sondern gerade auch auf die geschichtliche Gestalt Jesu von Nazareth, seine Botschaft und Wirksamkeit (Kapitel I), womit alles begann. Frühchristliche Religions- und Theologiegeschichte kann und darf die Frage nach dem historischen Jesus nicht ausblenden, will sie ihren Ausgang nicht bei einem gewissermaßen »vom Himmel gefallenen« Kerygma nehmen, was mit historischer Methode unvereinbar ist.

In einem weiteren Schritt wird danach gefragt werden, inwieweit Jesus und das frühe Christentum mit ihren Erwartungen, Deutungen, Vorstellungen und Gedanken dem antiken Weltbild verhaftet waren. Ohne falsche Anpassung an den Zeitgeist geht es dann darum, die bleibende Wahrheit der Überlieferung von überholten mythologischen Ausdrucksformen zu befreien und im Kontext neuzeitlicher Welterfahrung zum Ausdruck zu bringen – wissend darum, daß auch diese Sicht geschichtlich bedingt und somit steter Veränderung unterworfen ist. Als Prüfstein für die theologische Wahrheitsfrage fungiert der irdische Jesus, da nur so sein Kyrios-Sein ernstgenommen wird (vgl. Mt 7,21) und Mythos sowie christliche Spekulation in ihre Schranken verwiesen werden können.

* G. KRÜGER, Was heisst und zu welchem Ende studiert man Dogmengeschichte?, Freiburg i.Br. / Leipzig 1895, S. 21.

Aufrichtigen Dank schulde ich Herrn Dr. Volker Hampel, dem Leiter des Neukirchener Verlags, für die bereitwillige Aufnahme des Buches in das Verlagsprogramm und die fachkundige verlegerische Betreuung. Herzlich danken möchte ich auch meiner lieben Frau Dorothea sowohl für ihren unermüdlichen Einsatz am Computer bei der Anfertigung der Druckvorlage als auch für ihre theologische Begleitung meiner Arbeit. Die Widmung an meine Eltern schließlich ist Ausdruck meiner Dankbarkeit für alle persönliche Förderung.

Bochum, im Juni 1998 Werner Zager

Inhalt

I

Jesus von Nazareth
Von der theologischen Notwendigkeit der Frage nach dem historischen Jesus und unseren exegetischen Möglichkeiten, sie zu beantworten*

Werden wir danach gefragt, was unseren Glauben im Innersten ausmacht, fällt uns die Antwort nicht schwer: Ohne Zweifel steht Jesus von Nazareth, seine Person, sein Wirken und seine Botschaft im Mittelpunkt unseres Glaubens. Seine Geburt, sein Tod, seine Auferstehung und Himmelfahrt prägen die Feste unseres Kirchenjahres, seine Worte, seine Botschaft bestimmen die Verkündigung in der Kirche und die Inhalte des Religionsunterrichts. Seine Person ist Grund unseres Glaubens, Vorbild unseres Handelns und auch Ansprechpartner im Gebet. Und doch – schürfen wir etwas tiefer in unserem eigenen Glauben und Verstehen – treffen wir immer wieder auf die eine, so wichtige und doch meist nur unzureichend beantwortete Frage: Wer war dieser Jesus wirklich? Die Zeugnisse der Evangelien sind sehr unterschiedlich, jeder Evangelist zeichnet ein anderes Bild dieses Jesus von Nazareth – gerade an der Schilderung der Passion fällt das besonders auf. Auch Paulus wiederum verkündigt Jesus anders, aus seiner Glaubenserfahrung heraus. Sein Interesse gilt nicht dem irdischen Jesus, sondern dem gekreuzigten und auferstandenen Herrn. Und nicht zuletzt zeichnen Predigerinnen und Prediger, Religionslehrerinnen und Religionslehrer bis auf den heutigen Tag die unterschiedlichsten Bilder dieser Leitfigur unseres Glaubens und Handelns, versuchen Jesus zu verstehen, ihn zu interpre-

* Erweiterte Fassung einer in unterschiedlicher Form gehaltenen Probevorlesung am Fachbereich 1: Philosophie, Geschichts-, Religions- und Sozialwissenschaften der Universität Gesamthochschule Essen (12.11.1996), am Fachbereich 14: Gesellschaftswissenschaften, Philosophie und Theologie der Universität Dortmund (22.4.1997) und an der Theologischen Fakultät der Friedrich-Alexander-Universität Erlangen-Nürnberg (11.12. 1997).

tieren, ihn den ihnen in Schule und Gemeinde anvertrauten Menschen nahezubringen und sie – wenn möglich – für ihn zu gewinnen. Wer aber war Jesus wirklich? Und wer ist er heute? Kann es überhaupt ein festes Bild dieses Jesus Christus geben, ein für alle Glaubenden verbindliches Dogma?

Diese Frage nach Jesus, wie er wirklich war, ist nicht neu. Schon seit über 200 Jahren wird sie gestellt. Werfen wir deshalb zunächst einen Blick auf die Debatte um den historischen Jesus, wie sie entstand und wie sie sich in diesem Zeitraum entwickelte.

1. Ein Blick auf die Debatte um den historischen Jesus

Seit HERMANN SAMUEL REIMARUS und DAVID FRIEDRICH STRAUSS sieht sich die neutestamentliche Exegese vor die Notwendigkeit gestellt, innerhalb der Evangelien zwischen ursprünglicher Jesusüberlieferung und nachösterlicher Übermalung zu unterscheiden. Dieser Aufgabe widmete sich die Leben-Jesu-Forschung des 19. Jahrhunderts in ganz besonderer Weise. Ihre Geschichte hat ALBERT SCHWEITZER in seinem glänzend geschriebenen Werk »Von Reimarus zu Wrede« – ab der zweiten Auflage mit dem Titel »Geschichte der Leben-Jesu-Forschung« – nachgezeichnet, und in seiner eigenen konsequent eschatologischen Interpretation von Botschaft und Verhalten Jesu hat er sie zu einem Höhepunkt und in gewisser Weise zu einem vorläufigen Abschluß geführt. Damit versuchte er, die Aporien der Forschung zu überwinden und selbst eine tragfähige Lösung vorzulegen.

Jedoch bereits im vergangenen Jahrhundert wurde das theologische Recht der historischen Rückfrage nach dem Mann aus Nazareth in Zweifel gezogen – man denke etwa an MARTIN KÄHLERs berühmte Schrift »Der sogenannte historische Jesus und der geschichtliche, biblische Christus« aus dem Jahre 1892. Eine Position, die im Zuge der seit dem Ende des Ersten Weltkrieges aufkommenden Dialektischen Theologie – mit ihr verbinden sich Namen wie KARL BARTH, EDUARD THURNEYSEN und RUDOLF BULTMANN – an Einfluß gewann und zumindest in Deutschland die historische Jesusforschung nahezu zum

Erliegen brachte, sieht man einmal von der exegetischen Arbeit eines JOACHIM JEREMIAS ab.

Seit ERNST KÄSEMANNs Vortrag »Das Problem des historischen Jesus«, 1953 auf der Tagung »Alter Marburger« gehalten, hat sich dann allerdings die theologische Situation grundlegend gewandelt: Neben Käsemann fragten nun auch weitere Exegeten – darunter u.a. GÜNTHER BORNKAMM, ERNST FUCHS und HERBERT BRAUN –, aber auch der Systematiker GERHARD EBELING danach, ob der gekreuzigte und auferstandene Christus einen »Anhalt« in der vorösterlichen Verkündigung Jesu habe, also mit ihr in Verbindung gebracht werden könne. Es wurde damit die sogenannte »neue Frage« nach dem historischen Jesus laut – und zwar »neu« im Gegenüber zur »alten« liberalen Leben-Jesu-Forschung. Waren die Vertreter der Schule Rudolf Bultmanns »primär von dem theologischen Interesse bestimmt, christliche Identität durch Abgrenzung gegenüber dem Judentum zu begründen und durch Abgrenzung zu urchristlichen ›Häresien‹ ... zu sichern«, werden in der seit den 70er Jahren zunächst im angelsächsischen Bereich sich durchsetzenden »third quest« for the historical Jesus, der sogenannten dritten Frage nach dem historischen Jesus, ganz andere Akzente gesetzt: So »tritt an die Stelle des theologischen ein sozialgeschichtliches Interesse, an die Stelle der Abgrenzung Jesu vom Judentum seine Einordnung in das Judentum, an die Stelle der Bevorzugung kanonischer Quellen die Offenheit auch für (z.T. ›häretische‹) nicht-kanonische Quellen.«[1]

In den Vereinigten Staaten von Amerika wird die Jesusforschung vor allem durch das 1979 gegründete Jesus-Seminar und das Westar-Institute in Santa Rosa (Kalifornien) vorangetrieben, wobei allein dem Jesus-Seminar rund zweihundert Wissenschaftler als Mitglieder angehören[2]. Aber auch an das 1989 begonnene »International Q Project« ist zu denken, an dem über vierzig Forscher beteiligt sind. Dieses Projekt der Society of Biblical Literature und des Institute for Antiquity and Christianity in Claremont / California hat eine *editio critica* der Logienquelle zum Ziel, die um die Jahrtausendwende erwartet wird[3] und

1 G. THEISSEN / A. MERZ, Der historische Jesus. Ein Lehrbuch, Göttingen 1996, S. 28.

2 Vgl. R. W. FUNK, Jesus befreien. Die US-Debatte um den Mann aus Nazareth, in: EK 9/1996, S. (512-515) 512.

3 The Critical Edition of Q in a Synopsis Including the Gospels of Matthew and Luke, Mark and Thomas, with English, German and French Transla-

deren zugrunde liegende forschungsgeschichtliche Datenbasis zur Zeit im Erscheinen begriffen ist, welche etwa 31 Bände umfassen soll[4]. Dabei leitet nach Auskunft von JAMES M. ROBINSON die Erforschung von Q die Überzeugung, »daß wir hier den sichersten Zugang haben zur Mitte dessen, was Jesus eigentlich wollte«[5].

»Das [öffentliche] Interesse an der Frage, wer Jesus wirklich war, hat in den USA und Kanada in jüngster Zeit einen Höhepunkt erreicht. Hunderte von Zeitschriftenartikeln und Dutzende von Büchern wurden in den vergangenen beiden Jahrzehnten zu diesem Thema« publiziert[6]. Die beiden 1987 bzw. 1991 edierten Jesusbücher von MARCUS J. BORG und JOHN DOMINIC CROSSAN, zwei führenden Mitgliedern des Jesus-Seminars, avancierten zu Bestsellern[7], die später auch ins Deutsche übersetzt wurden. Crossans Werk »The Historical Jesus« erschien 1994 unter dem Titel »Der historische Jesus«[8] in deutscher Sprache; Borgs Buch »Jesus, a New Vision« wurde 1993 in deutscher Fassung mit der

tions, hg. v. J. M. ROBINSON, P. HOFFMANN u. J. S. KLOPPENBORG (Volume Editor: M. C. MORELAND), Leuven. Die erste Fassung eines rekonstruierten Q-Textes bieten die Sitzungsberichte in: JBL 109 (1990), S. 499-501; 110 (1991), S. 494-498; 111 (1992), S. 500-508; 112 (1993), S. 500-506; 113 (1994), S. 495-499; 114 (1995), S. 475-485; 116 (1997), S. 521-525.

4 Documenta Q: Reconstructions of Q Through Two Centuries of Gospel Research, Excerpted, Sorted, and Evaluated. The Database of the International Q Project, hg. v. J. M. ROBINSON, P. HOFFMANN u. J. S. KLOPPENBORG (General Editors), Leuven 1996 ff. – Vgl. J. M. ROBINSON, Der wahre Jesus? Der historische Jesus im Spruchevangelium Q, in: ZNT (= Zeitschrift für Neues Testament) 1, H. 1/1998, S. (17-26) 17.

5 Ebd.

6 R. W. FUNK, Jesus befreien (s. Anm. 2), S. 512; vgl. auch T. SCHRAMM, Die dritte Runde. Der historische Jesus im Spiegel der neueren Forschung, in: Gemeinschaft am Evangelium (FS W. Popkes), hg. v. E. Brandt, P. S. Fiddes u. J. Molthagen, Leipzig 1996, S. 257-280; P. MÜLLER, Neue Trends in der Jesusforschung, in: ZNT (= Zeitschrift für Neues Testament) 1, H. 1/1998, S. 2-16.

7 Siehe R. W. FUNK, Jesus befreien, S. 512.

8 J. D. CROSSAN, The Historical Jesus. The Life of a Mediterranean Jewish Peasant, San Francisco 1991 (dt. Übers.: Der historische Jesus, München 1994).

Überschrift »Jesus, der neue Mensch«[9] veröffentlicht. Sogar »die Titelgeschichten der drei großen amerikanischen Nachrichtenmagazine (US News and World Report, Time und Newsweek) waren 1996 zu Ostern Jesus gewidmet.«[10]

Aber auch bei uns in Deutschland sind ähnliche Entwicklungen zu beobachten. So schrieb der Redakteur Werner Harenberg im Zusammenhang der von GERD LÜDEMANN ausgelösten öffentlichkeitswirksamen Diskussion über Jesu Auferstehung den zweiteiligen Leitartikel »Der Streit um Jesus und die Bibel« für das Nachrichten-Magazin »Der Spiegel«, der in dessen Mai- und Juni-Nummern des Jahres 1996 zu lesen war. Zur Jahreswende 1995/96 kam JÜRGEN BECKERs historisch solide gearbeitetes Buch »Jesus von Nazaret« heraus, und einige Monate später folgte das umfangreiche und didaktisch gelungen angelegte Lehrbuch von GERD THEISSEN und ANNETTE MERZ unter dem Titel »Der historische Jesus«. In die Reihe der durch die öffentliche Diskussion angeregten Publikationen gehört auch das »Sachbuch« von HARTMUT STEGEMANN »Die Essener, Qumran, Johannes der Täufer und Jesus«, mit dem der Verfasser 1993 auf die Enthüllungsliteratur über Qumran reagierte.

Soweit der Überblick über die Debatte um den historischen Jesus.

2. Theologische Notwendigkeit der historischen Jesusfrage und ihre wissenschaftliche Durchführbarkeit

Trotz der reichen Fülle der in den letzten Jahren weltweit erschienenen Jesusliteratur, die von einem einzelnen kaum noch zu überblicken ist, wird aber von nicht wenigen Theologen – ob nun von seiten der neutestamentlichen oder von seiten der systematisch-theologischen Disziplin – bis in unsere Tage die historische Jesusforschung grundsätzlich in Frage gestellt. Dabei wird zum einen die Möglichkeit angezweifelt,

9 M. J. BORG, Jesus, a New Vision. Spirit, Culture and the Life of Discipleship, San Francisco 1987 (dt. Übers.: Jesus, der neue Mensch, Freiburg i.Br. / Basel / Wien 1993).

10 R. W. FUNK, Jesus befreien (s. Anm. 2), S. 512.

überhaupt gesicherte historische Kenntnis über Jesus von Nazareth gewinnen zu können, zum anderen wird prinzipiell bestritten, daß eine solche Fragestellung theologisch sachgemäß und damit legitim sei.

Wenden wir uns zunächst dem ersten Bedenken zu.

DIETER SCHELLONG etwa beruft sich in seinem Aufsatz »Was sucht ihr den Lebendigen bei den Toten?«[11] interessanterweise auf DAVID FRIEDRICH STRAUSS. Dieser hatte in seinem Werk »Das Leben Jesu, kritisch bearbeitet«, das 1835/36 veröffentlicht wurde und die kirchliche wie auch die theologische Welt regelrecht schockierte, in aller Deutlichkeit und Schärfe die mythische Ausgestaltung der Jesusüberlieferung herausgearbeitet. Die Passage aus Strauß' letztem Buch »Der alte und der neue Glaube«, die Schellong heranzieht, lautet:

»Die Evangelisten haben sein [sc. Jesu] Lebensbild so dick mit übernatürlichen Farben überstrichen, durch sich kreuzende Tendenzlichter so verwirrt, daß die natürlichen Farben, die ursprüngliche Beleuchtung nicht mehr herzustellen sind. [...] Wer einmal vergöttert worden ist, der hat seine Menschheit unwiederbringlich eingebüßt. Es ist ein eitler Wahn, daß aus Lebensnachrichten, die, wie unsre Evangelien, auf ein übermenschliches Wesen angelegt, und noch außerdem durch streitende Parteivorstellungen und Interessen in allen Zügen verzerrt sind, sich durch irgend welche Operationen ein natürliches in sich zusammenstimmendes Menschen- und Lebensbild herstellen lasse. Wir müßten zur Controle Nachrichten über dasselbe Leben besitzen, die von einem natürlich-vernünftigen Gesichtspunkt aus abgefaßt wären, und dergleichen besitzen wir in diesem Falle nicht. Alle Bemühungen neuester Bearbeiter des Lebens Jesu, [...] an der Hand unserer Quellenschriften eine menschliche Entwicklung [...] bei Jesus nachzuweisen, geben sich durch den Mangel jeder Handhabe in den Urkunden [...] als apologetische Künsteleien ohne jeden historischen Werth zu erkennen. Doch nicht blos wie Jesus geworden, bleibt für uns in ein unhellbares Dunkel gehüllt; auch was er geworden und schließlich gewesen tritt keineswegs bestimmt zu Tage. Um nach allem Bisherigen nur noch Eines zu nennen: wir sind ja nicht einmal sicher, ob er nicht schließlich an sich und seiner ganzen Sache irre geworden ist.«[12]

11 D. SCHELLONG, »Was sucht ihr den Lebendigen bei den Toten?« Rückfragen zur Suche nach dem »historischen Jesus«, in: Einwürfe, hg. v. F.-W. Marquardt, D. Schellong u. M. Weinrich, Bd. 6, München 1990, S. 2-47.

12 D. F. STRAUSS, Der alte und der neue Glaube. Ein Bekenntniß, hg. v. E. Zeller, Bonn [12-14]1895 ([1]1872), S. 50 f.

Einerseits ist Strauß sicher darin Recht zu geben, daß wir aufgrund der vorhandenen Quellen nicht in der Lage sind, eine wissenschaftlich-methodisch abgesicherte Jesusbiographie zu schreiben. Mögliche persönliche, religiöse oder psychische Entwicklungen vermögen wir nicht nachzuweisen, und – wenn überhaupt – dann nur recht hypothetisch zu eruieren. Ebenfalls können wir nur Vermutungen darüber anstellen, mit welcher Haltung Jesus in den Tod gegangen ist, da sämtliche überlieferte Worte am Kreuz dem Sterbenden erst im nachhinein in den Mund gelegt worden sind.

Andererseits aber lassen sich innerhalb der Jesusüberlieferung sehr wohl frühere Traditionsschichten von späteren Überlagerungen und Übermalungen abheben – und zwar auf methodisch nachvollziehbare Weise. Durch Anwendung einer Reihe von bewährten Authentizitätskriterien[13] läßt sich ermitteln, welche Worte Jesus selbst – mit mehr oder minder hoher Wahrscheinlichkeit – zugesprochen werden können und welche dagegen als christliche Bildungen zu beurteilen sind. Ferner tritt uns bei allen hoheitlichen Zügen, die sich zum Teil als nachösterliche Rückprojektionen erweisen und sich von daher isolieren lassen, gerade in den synoptischen Evangelien keine Gottheit in Menschengestalt entgegen, sondern Jesus als jüdischer Prophet, Heiler und Lehrer, der keineswegs seine Menschheit eingebüßt hat. Was die Quellenlage betrifft, so hat sich diese im Vergleich zur Zeit von Strauß um einiges verbessert: Durch neue Textfunde ist die Quellenbasis an christlichen nichtkanonischen Zeugnissen über Jesus deutlich breiter geworden – man denke nur an die Oxyrhynchos-Papyri, den Papyrus Egerton 2 – auch Egerton-Evangelium genannt – oder insbesondere an das Thomasevangelium. Darüber hinaus setzen außerchristliche Nachrichten über Jesus, die von Gegnern, neutralen oder sympathisierenden Beobachtern des frühen Christentums stammen, nicht nur die Geschichtlichkeit Jesu voraus, sondern »erlauben« auch »die Kontrolle einzelner Daten und Fakten der urchristlichen Jesusüberlieferung«[14].

Wie ist es nun aber – um den zweiten Einwand aufzugreifen – um die theologische Sachgemäßheit der historischen Jesusfrage bestellt? Ist nicht etwa doch RUDOLF BULTMANN im Recht, wenn er die Jesusforschung für theologisch irrelevant betrachtet, weil sich der christliche Glaube dem Heilshandeln Gottes in Kreuz und Auferstehung verdanke,

13 S.u. S. 10-13.

14 G. THEISSEN / A. MERZ, Der historische Jesus (s. Anm. 1), S. 91.

welches lediglich das »Daß« des Gekommenseins Jesu voraussetze? Christlicher Glaube wäre damit unabhängig von wechselnden Jesusbildern, die die historische Forschung hervorbringt. Die Predigt dürfte sich auf den biblischen Christus beziehen. Und bei einer solchen Position könnte man sich wiederum in eine heilig-unheilige Allianz mit DAVID FRIEDRICH STRAUSS begeben. Heißt es doch bei Strauß:

»An wen ich glauben soll, an wen ich mich auch nur als ein sittliches Vorbild anschließen soll, von dem muß ich vor allem eine bestimmte, sichere Vorstellung haben. Ein Wesen, das ich nur in schwankenden Umrissen sehe, das mir in wesentlichen Beziehungen unklar bleibt, kann mich zwar als Aufgabe für die wissenschaftliche Forschung interessiren, aber praktisch im Leben mir nicht weiter helfen. Ein Wesen mit bestimmten Zügen, woran man sich halten kann, ist aber nur der Christus des Glaubens, der Legende, natürlich eben nur für den Gläubigen, der alle Unmöglichkeiten, alle Widersprüche, die in diesem Bilde liegen, in den Kauf nimmt; der Jesus der Geschichte, der Wissenschaft, ist lediglich ein Problem, ein Problem aber kann nicht Gegenstand des Glaubens, nicht Vorbild des Lebens sein.«[15] Soweit Strauß.

BULTMANNs theologischen Ansatz bei Kreuz und Auferstehung Jesu können wir uns jedoch nicht mehr zu eigen machen – und dies aus den folgenden Gründen:

Zum einen wurde im frühen Christentum die Auferstehung Jesu als Beginn der endzeitlichen Totenauferstehung verstanden, die sich zusammen mit der in nächster Zeit erwarteten Wiederkunft Christi ereignen sollte. Jedoch das, was mit Ostern hätte eingeleitet werden sollen, der Anbruch des Endgeschehens, hat sich eben nicht ereignet. Will man diesen Schluß vermeiden, so muß man die Vorstellung von Jesu Auferstehung aus dem apokalyptischen Denkzusammenhang herauslösen. Doch eine solche Vorgehensweise dürfte sich als problematisch erweisen; denn kein Geringerer als der Apostel Paulus selbst bindet die Realität der Auferstehung Christi ausdrücklich an die für den Jüngsten Tag erwartete Totenauferstehung[16].

Zum anderen lassen sich zumindest bedenkenswerte Gründe aus Religionsgeschichte und Psychologie für die Auffassung nennen, daß es sich bei den »Erscheinungen des Auferstandenen« um subjektive Visionen handeln könnte[17].

15 D. F. STRAUSS, Der alte und der neue Glaube (s. Anm. 12), S. 52.

16 Vgl. I Kor 15,13.

17 S.u. S. 71-86.

Wenn auch hier noch nicht das letzte klärende Wort gesprochen ist und weiterhin Diskussionsbedarf besteht, bleibt schließlich festzuhalten, daß bereits das frühe Christentum seinen Glauben nicht allein auf den in prophetischem Wort, Sakrament und Wundertat als lebendig erfahrenen erhöhten Herrn richtete, sondern auch auf den Propheten aus Nazareth, dessen Botschaft und Wirken. Bester Beweis dafür ist die Existenz der Evangelientradition. Und erst recht aufgrund des Geschichtsbewußtseins, das für uns moderne Menschen charakteristisch ist, können wir nicht darauf verzichten, uns selbst und anderen Rechenschaft darüber zu geben, ob bzw. auf welche Weise unser christlicher Glaube in Jesus selbst begründet ist.

Aus diesem Sachverhalt ergeben sich unmittelbar das theologische Recht und die theologische Notwendigkeit der Rückfrage nach dem historischen Jesus.

Gegenüber STRAUSS muß folgendes zur Geltung gebracht werden: Mag uns auch manches beim historischen Jesus undeutlich bleiben und uns der hypothetische Charakter unseres Wissens von ihm bewußt sein, so wird damit keineswegs ausgeschlossen, daß Jesus selbst zur bestimmenden geistigen Größe unseres Lebens werden kann. Da wir uns dem Mann aus Nazareth am ehesten mit Hilfe der synoptischen Evangelien nähern können, wobei uns die Exegese hilft, älteres Überlieferungsgut von späterer Redaktion und urchristlichem Prophetenwort abzuheben, entscheidet sich unser Verhältnis zu ihm daran, ob die hier von ihm überlieferten Worte und sein dargestelltes Verhalten uns überzeugen, umtreiben und den Weg in ein sinnerfülltes Leben weisen. Dabei kommt der historischen Jesusforschung eine wesentliche Funktion zu: die Funktion der Rückfrage nach den historischen Wurzeln und damit der Kontrolle unserer Aussagen über Jesus heute.

Damit soll aber nicht der christliche Glaube vom jeweiligen Stand der historischen Jesusforschung abhängig gemacht werden. Diese hat – um mit ALBERT SCHWEITZER zu sprechen – »zuletzt nur den einen Zweck, die natürliche und unbefangene Auffassung der ältesten Berichte sicher zu stellen. Um Jesus zu kennen und zu erfassen, braucht es keiner gelehrten Bevormundung. Es ist auch nicht erforderlich, daß der Betreffende die Einzelheiten der öffentlichen Wirksamkeit Jesu begreife und sie sich zu einem ›Leben Jesu‹ zusammenstellen könne. Sein Wesen und das, was er ist und will, drängt sich ihm schon aus einigen lapidaren Aussprüchen auf.«[18]

Bevor begründete Aussagen über den historischen Jesus gemacht werden können, muß darüber Klarheit bestehen und im einzelnen dargelegt werden, welche Kriterien an die Quellen angelegt werden, um authentische Jesusüberlieferung von nichtauthentischer zu scheiden und damit diejenigen Worte zu erfassen, welche wahrscheinlich auf Jesus selbst zurückgehen.

Ich skizziere daher nun die vier Authentizitätskriterien, die sich innerhalb der durch die »neue Frage« nach dem historischen Jesus geprägten Phase der Forschung durchgesetzt haben:

3. Die Authentizitätskriterien

Als Kriterium gilt zum einen das der *Dissimilarität*, auch *Differenz*kriterium genannt: Echtes Jesusgut ist, was weder aus der frühchristlichen Verkündigung noch aus den Voraussetzungen des damaligen Judentums hergeleitet werden kann[19]. Das allerdings sichert nur einen Minimalbe-

18 A. SCHWEITZER, Geschichte der Leben-Jesu-Forschung (UTB 1302), Tübingen ^{9}1984, S. 622 f.

19 Vgl. E. LOHSE, Die Frage nach dem historischen Jesus in der gegenwärtigen neutestamentlichen Forschung (1962), in: ders., Die Einheit des Neuen Testaments. Exegetische Studien zur Theologie des Neuen Testaments, Bd. I, Göttingen ^{2}1976, S. (29-48) 38. Oder in der Formulierung von ERNST KÄSEMANN: »Einigermaßen sicheren Boden haben wir nur in einem einzigen Fall unter den Füßen, wenn nämlich Tradition aus irgendwelchen Gründen weder aus dem Judentum abgeleitet noch der Urchristenheit zugeschrieben werden kann, speziell dann, wenn die Judenchristenheit ihr überkommenes Gut als zu kühn gemildert oder umgebogen hat.« (E. KÄSEMANN, Das Problem des historischen Jesus [1954], in: ders., Exegetische Versuche und Besinnungen, Bd. I, Göttingen ^{6}1970, S. [187-214] 205) – Vgl. dazu N. PERRIN, Was lehrte Jesus wirklich? Rekonstruktion und Deutung, Göttingen 1972, S. 32-37; s. auch E. LOHSE, Jesu Worte im Zeugnis seiner Gemeinde, in: ThLZ 112 (1987), Sp. (705-716) 707 f.; U. MELL, Gehört das Vater-Unser zur authentischen Jesus-Tradition? (Mt 6,9-13; Lk 11,2-4), in: BThZ 11 (1994), S. (148-180) 159 f.

stand an authentischer Tradition und läßt gerade den äußerst wichtigen Zusammenhang zwischen Jesus und dem zeitgenössischen Judentum außer Betracht – ganz abgesehen davon, daß wir nur über eine lückenhafte Kenntnis des Judentums zur Zeit Jesu verfügen[20]. Zudem könnte eine allzu strikte Trennung der Anschauungen und Verhaltensweisen des historischen Jesus und derjenigen der frühchristlichen Gemeinden den geschichtlichen Sachverhalt verzeichnen, daß diese sich in ihrer Lehre und Lebensweise selbstverständlich an Wort und Verhalten Jesu orientierten. Eine besondere Schwierigkeit bei der Anwendung des Dissimilaritätskriteriums besteht schließlich darin, daß es möglich ist, dieses weiter oder enger zu fassen, was zu voneinander abweichenden Echtheits- bzw. Unechtheitsurteilen führt. Denn in aller Regel steht ein Herrenwort zu vergleichbaren jüdischen oder frühchristlichen Worten, Motiven, Vorstellungen und Gedanken *sowohl* in einer Beziehung teilweiser Übereinstimmung *wie* teilweiser Differenz[21].

Als zweites Kriterium kommt das der *Kohärenz* der Überlieferung hinzu, d.h. die Frage, ob die älteste Stufe der betreffenden Jesustradition sich schlüssig in den erhobenen Gesamtrahmen der Verkündigung und

20 Zur Problematik dieses Kriteriums vgl. außer R. BULTMANN, Die Geschichte der synoptischen Tradition – Ergänzungsheft, bearb. v. G. THEISSEN u. PH. VIELHAUER, Göttingen [4]1971, 11; M. D. HOOKER, Christology and Methodology, in: NTS 17 (1970/71), S. 480-487; DIES., On Using the Wrong Tool, in: Theol 75 (1972), S. 570-581; D. R. CATCHPOLE, Tradition History, in: I. H. Marshall (Hg.), New Testament Interpretation. Essays on Principles and Methods, Exeter 1977, S. (165-180) 174-178; D. L. MEALAND, The Dissimilarity Test, in: SJTh 31 (1978), S. 41-50; J. H. CHARLESWORTH, Jesus within Judaism. New Light from Exciting Archaeological Discoveries, New York 1988, S. 5-7; J. SAUER, Rückkehr und Vollendung des Heils. Eine Untersuchung zu den ethischen Radikalismen Jesu (Theorie und Forschung, Bd. 133 / Philosophie und Theologie, Bd. 9), Regensburg 1991, S. 85-89; C. A. EVANS, Jesus and his Contemporaries. Comparative Studies (AGJU 25), Leiden / New York / Köln 1995, S. 19-21 und G. STRECKER, Theologie des Neuen Testaments, bearb., erg. u. hg. v. F. W. Horn, Berlin / New York 1996, S. 265 f. vor allem G. THEISSEN / D. WINTER, Die Kriterienfrage in der Jesusforschung. Vom Differenzkriterium zum Plausibilitätskriterium (NTOA 34), Freiburg, Schweiz / Göttingen 1997, S. 19-26; zum Differenzkriterium in der Geschichte der Jesusforschung vgl. a.a.O., S. 28-174.

21 Vgl. CH. RINIKER, Die Gerichtsverkündigung Jesu, Diss. theol. masch. Bern 1992, S. 51.

des Wirkens Jesu einfügen läßt oder nicht[22]. Mit Hilfe dieses Maßstabes kann auch die Echtheit solcher ursprünglicher Traditionseinheiten wahrscheinlich gemacht werden, die zwar nicht dem Kriterium der Dissimilarität standhalten, aber mit dem gesicherten Minimalbestand an echten Jesusworten inhaltlich übereinstimmen.

Darüber hinaus gibt es noch zwei weitere Kriterien, die allerdings für sich allein genommen nicht die Authentizität zu beweisen vermögen: Es sind zum einen die *vielfache Bezeugung* eines Überlieferungsstücks innerhalb mehrerer Traditionsstränge oder in unterschiedlichen Formen innerhalb desselben Traditionsstrangs (das *Quantität*skriterium)[23] und zum anderen *sprachlich-stilistische Merkmale*[24]. Beide Prüfsteine können aber allenfalls die Ergebnisse zusätzlich absichern, die durch die Anwendung der ersten beiden Kriterien gewonnen wurden.

Faßt man – wofür ich persönlich plädieren möchte – das Dissimilaritätskriterium recht weit, dann steht es dem sogenannten *»historischen Plausibilitätskriterium«* nahe, wie es GERD THEISSEN im Horizont der »third quest« in seinem neuen Lehrbuch »Der historische Jesus« formuliert hat[25].

22 Zur Unterscheidung von äußerer und innerer Konsequenz bzw. Kohärenz vgl. G. THEISSEN u. PH. VIELHAUER, Ergänzungsheft (s. Anm. 20), S. 11 f. – Zur Problematik des Kohärenzkriteriums vgl. neben N. PERRIN, Was lehrte Jesus wirklich? (s. Anm. 19), S. 37-40 vor allem J. SAUER, Rückkehr (s. Anm. 20), S. 89-91; s. auch U. MELL, Vater-Unser (s. Anm. 19), S. 161 f.

23 Vgl. dazu N. PERRIN, Was lehrte Jesus wirklich? (s. Anm. 19), S. 40-42; J. SAUER, Rückkehr (s. Anm. 20), S. 92 f.; C. A. EVANS, Jesus and his Contemporaries (s. Anm. 20), S. 15-18.

24 Siehe J. JEREMIAS, Neutestamentliche Theologie. Erster Teil: Verkündigung Jesu, Gütersloh [2]1973, S. 13-46; DERS., Kennzeichen der ipsissima vox Jesu (1954), in: ders., ABBA. Studien zur neutestamentlichen Theologie und Zeitgeschichte, Göttingen 1966, S. 145-152; vgl. dazu E. LOHSE, Jesu Worte (s. Anm. 19), Sp. 708-710 und J. SAUER, Rückkehr (s. Anm. 20), S. 93 f.; s. auch C. A. EVANS, Jesus and his Contemporaries (s. Anm. 20), S. 22 f.

25 Bei G. THEISSEN finden sich die beiden folgenden Definitionen:
1. »*Historische Wirkungsplausibilität* haben Jesusüberlieferungen, wenn sie als Auswirkungen des Lebens Jesu verständlich gemacht werden können – teils durch die Übereinstimmung unabhängiger Quellen, teils durch tendenzwidrige Elemente in diesen Quellen. *Kohärenz* und *Tendenzwid-*

Theißen hält einerseits solche Jesusüberlieferungen für authentisch, die sich zum einen in voneinander unabhängigen Quellen finden und zum anderen Züge enthalten, welche zu Jesusbildern des frühen Christentums in Spannung stehen.

Andererseits beurteilt er jene Jesusüberlieferungen als echt, die sich in das jüdische Lebensumfeld Jesu einfügen und sich dabei als etwas Besonderes, nicht aber unbedingt als unableitbar erkennen lassen.

Damit wir nicht in rein theoretischen methodischen Überlegungen stekkenbleiben, stelle ich die Anwendung dieser Authentizitätskriterien an einem Textbeispiel vor. Dafür sei die Parabel vom unbarmherzigen Knecht ausgewählt.

4. Anwendung der Authentizitätskriterien am Beispiel der Parabel vom unbarmherzigen Knecht (Mt 18,23-35)

4.1. Redaktions- und traditionsgeschichtliche Überlegungen

Bevor wir mit Hilfe der Authentizitätskriterien prüfen können, ob die Parabel vom unbarmherzigen Knecht begründet auf Jesus selbst zurückgeführt werden kann, müssen wir zuerst einige redaktions- und

rigkeit sind komplementäre Kriterien für historische Wirkungsplausibilität.«
2. »*Historische Kontextplausibilität* haben Jesusüberlieferungen, wenn sie in den jüdischen Kontext des Wirkens Jesu passen und innerhalb dieses Kontextes als individuelle Erscheinungen erkennbar sind. *Kontextuelle Korrespondenz* und *kontextuelle Individualität* sind komplementäre Kriterien für historische Kontextplausibilität.« (G. THEISSEN / A. MERZ, Der historische Jesus [s. Anm. 1], S. 118) – Vgl. auch die eingehende Darstellung bei G. THEISSEN / D. WINTER, Kriterienfrage (s. Anm. 20), S. 176-217. Als nicht weiterführend muß K. BERGERs jüngste Stellungnahme zur Frage der Authentizitätskriterien (Kriterien für echte Jesusworte?, in: ZNT [= Zeitschrift für Neues Testament] 1, H. 1/1998, S. 52-58) beurteilt werden; vgl. dazu die Kritik von W. SCHMITHALS, Gibt es Kriterien für die Bestimmung echter Jesusworte?, in: a.a.O., S. 59-64, die ihrerseits aber der Bultmannschen Position verhaftet bleibt.

traditionsgeschichtliche Überlegungen anstellen. Es gilt nämlich zu untersuchen, ob dieser Text von Anfang an den gesamten Wortbestand von Mt 18,23-35 umfaßte. Zur Verwendung des Begriffs »Parabel« sei nur kurz angemerkt: Im Unterschied zum Gleichnis im engeren Sinne erzählt die Parabel nicht einen typischen bzw. regelmäßigen Vorgang, sondern einen speziell für diese Erzählsituation konstruierten Einzelfall[26].

Innerhalb der Forschung besteht zu Recht weithin Übereinstimmung darin, die Verse 23a und 35 der matthäischen Redaktion zuzuschreiben.

Zur Begründung: Die dem matthäischen Sondergut zugehörige Parabel wurde vom Evangelisten ans Ende der sich über das 18. Kap. erstreckenden Jüngerbelehrung plaziert. Sie erscheint hier im Rahmen der ab V. 15 thematisierten Bruderpflichten; näherhin fungiert sie durch das διὰ τοῦτο [»deshalb«] in V. 23a als Folgerung aus der Antwort Jesu auf die von Petrus gestellte Frage, wie oft man dem sündigenden Bruder, d.h. Mitchristen, vergeben solle (V. 21 f.). Nachdem in dem Jesuslogion – »Nicht, sage ich dir, bis siebenmal, sondern bis siebenundsiebzigmal« – die Frage nach der Häufigkeit des Vergebens bereits ad absurdum geführt wurde, dient nun die Parabel vom unbarmherzigen Knecht dazu, die Vergebungspflicht gegenüber dem Mitchristen einzuschärfen, da anderenfalls die Verurteilung im Endgericht droht. Diese Absicht ist aus dem redaktionellen[27] V. 35 zu entnehmen. In ihm läßt Matthäus Jesus nicht »euer Vater« sagen, sondern »mein Vater«, um den Gerichtsgedanken zu unterstreichen (vgl. Mt 10,32 f.; 15,13; 20,23; 25,34)[28].

In V. 23a dürfte nicht allein das διὰ τοῦτο [»deshalb«] auf matthäische Redaktion zurückgehen, vielmehr der gesamte Versteil. Die Einleitungsformel »ὡμοιώθη ἡ βασιλεία τῶν οὐρανῶν ἀνθρώπῳ ...« [»das Reich der Himmel ist gleich einem Menschen«] findet sich nämlich nicht nur in der ebenfalls dem Sondergut des Matthäus angehörenden Parabel vom Unkraut unter dem Weizen (Mt 13,24), sondern auch in der matthäischen Fassung der der Logienquelle entnommenen Parabel vom großen Abendmahl (Mt 22,2). Dagegen fehlt sie in der Lukasparallele (Lk 14,16), die gleich mit der Parabelerzählung beginnt, was ursprünglich sein wird. Daß erst Matthäus in der Parabel vom unbarmherzigen Knecht einen ausdrücklichen Bezug zur Basileia hergestellt hat, wird auch angesichts des folgenden Tatbestands wahrscheinlich: Während bei Markus und Lukas nur jeweils zwei Gleichnisse (Mk 4,26.30; Lk 13,18.20) als

26 Vgl. E. LINNEMANN, Gleichnisse Jesu. Einführung und Auslegung, Göttingen [6]1975, S. 13 f.

27 Vgl. A. WEISER, Die Knechtsgleichnisse der synoptischen Evangelien (StANT 29), München 1971, S. 100-103.

28 S. dazu a.a.O., S. 101 f.

Basileiagleichnisse eingeleitet werden, sind es bei Matthäus immerhin zehn Gleichnisse (Mt 13,24.31.33.44.45.47; 18,23; 20,1; 22,2; 25,1; vgl. auch 13,52).

Abgesehen vielleicht von einigen sprachlichen Besonderheiten, sind keine weiteren redaktionellen Eingriffe anzunehmen. Es erscheint zwar als denkbar, jedoch keineswegs als zwingend, daß Matthäus wie in der Parabel von den anvertrauten Geldern (Mt 25,14-30 par. Lk 19,11-27) die Geldsumme erhöht hat[29]. Obgleich die Formulierung ἄνθρωπος βασιλεύς [»ein Mensch, ein König«] von Matthäus stammen wird[30], hat nicht erst der Evangelist die ihm überlieferte Parabel zu einer Königsparabel umgestaltet. Läßt man selbst das Problem der Höhe der Geldsumme einmal beiseite, so setzt allein die »Souveränität des Begnadigens und Verurteilens einen König voraus, auch wenn im Verlauf des Gleichnisses nur noch von einem κύριος [»Herr«] die Rede ist«[31]. Wie Matthäus dagegen bei einer von ihm vorgenommenen Umprägung zu einer Königsparabel verfahren ist, läßt sich an der Parabel vom großen Abendmahl studieren: Gegenüber Lk 14,16-24 ist in Mt 22,1-10 nicht mehr von ἄνθρωπος τις [»ein Mensch«], κύριος αὐτοῦ [»sein Herr«],

29 So J. GNILKA, Das Matthäusevangelium. II. Teil: Kommentar zu Kap. 14,1-28,20 und Einleitungsfragen (HThK I/2), Freiburg i.Br. / Basel / Wien 1988, S. 144.

30 So A. WEISER, Knechtsgleichnisse (s. Anm. 27), S. 75. – Die Verbindung von ἄνθρωπος [»Mensch«] mit einem Substantiv bzw. einem Partizip in der Gleichniseinleitung begegnet mehrfach bei Matthäus: Mt 13,24 (ἄνθρωπος σπείρας [»ein Mensch, der säte«]); 13,45 (ἄνθρωπος ἔμπορος [»ein Mensch, ein Kaufmann«] [var.lect.]); 13,52 u. 20,1 (ἄνθρωπος οἰκοδεσπότης [»ein Mensch, ein Hausherr«]); 18,23 u. 22,2 (ἄνθρωπος βασιλεύς [»ein Mensch, ein König«]); innerhalb der Gleichniserzählung: Mt 25,14 (ἄνθρωπος ἀποδημῶν [»ein Mensch, der auf Reisen gehen wollte«]). Ob die Verbindung *vor*redaktionell ist (so H. WEDER, Die Gleichnisse Jesu als Metaphern. Traditions- und redaktionsgeschichtliche Analysen und Interpretationen [FRLANT 120], Göttingen [3]1984, S. 179 Anm. 59), muß für jede einzelne Stelle geprüft werden. Die »*eindeutig redaktionelle* Stelle Mt 21,33, wo ... ἄνθρωπος ἦν οἰκοδεσπότης [›es war ein Mensch, ein Hausherr‹] steht«, kann nicht als Argument dafür benutzt werden, daß die Verbindung ἄνθρωπος [»Mensch«] + Substantiv / Partizip generell vorredaktionell ist, da – mit Ausnahme von Mt 25,14 – diese im Kontext der Gleichnisse nur innerhalb der Einleitung und zwar im Dativ, jedoch nicht innerhalb der Erzählung, vorkommt (gegen H. WEDER, ebd.)

31 Siehe A. WEISER, Knechtsgleichnisse (s. Anm. 27), S. 75.

οἰκοδεσπότης [»Hausherr«], κύριε [»Herr«] als Anrede oder ὁ κύριος [»der Herr«] die Rede, sondern ausschließlich von einem βασιλεύς [»König«].

Die Versuche hingegen, eine ursprüngliche Jesusparabel auf die Verse 23b bis 30 (so HANS WEDER[32]) bzw. bis 30a (so PETER FIEDLER[33]) zu reduzieren, können nicht überzeugen. Denn – so urteilt WOLFGANG HARNISCH zutreffend –: »Endete die Geschichte mit v.30, vermißte man einen abschließenden Auftritt [des Königs als] des Handlungssouveräns.«[34]

Ferner ist exegetisch umstritten, ob V. 34, der von der Durchführung der Strafe bzw. des Gerichts am ersten Knecht handelt, zum ursprünglichen Bestand der Parabel zu zählen ist oder nicht[35]. Während der

32 Vgl. H. WEDER, Gleichnisse (s. Anm. 30), S. 210-218.

33 Vgl. P. FIEDLER, Jesus und die Sünder (BET 3), Frankfurt a.M. 1976, S. 197-199.

34 W. HARNISCH, Die Gleichniserzählungen Jesu. Eine hermeneutische Einführung (UTB 1343), Göttingen 1985, S. 261. – Die Zuschreibung von V. 31 an die matthäische Redaktion (so A. WEISER, Knechtsgleichnisse [s. Anm. 27], S. 85 f.) ist zu bestreiten: Zum einen erfordert es der Handlungsablauf der Parabel, daß der König von dem unbarmherzigen Verhalten des ersten Knechts erfährt, weil nur so sein erneutes Auftreten motiviert ist (vgl. I. BROER, Die Parabel vom Verzicht auf das Prinzip von Leistung und Gegenleistung (Mt 18,23-35), in: À Cause de l'Évangile. Études sur les Synoptiques et les Actes [FS Jacques Dupont] [LeDiv 123], Paris 1985, S. [145-164] 147). Zum anderen entspricht es der Struktur der Parabel, daß die drei Szenen jeweils mit einer Situationsangabe eingeleitet werden (V. 24 / V. 28a.b / V. 31).

35 Neben denen, die die dritte Szene der Parabel überhaupt für sekundär halten, beurteilen u.a. folgende Neutestamentler V. 34 als redaktionell: I. BROER, Parabel (s. Anm. 34), S. 154-157; J. GNILKA, Matthäusevangelium II (s. Anm. 28), S. 144 f.; W. HARNISCH, Gleichniserzählungen (s. Anm. 34), S. 261 f. Dagegen sehen z.B. J. JEREMIAS, Die Gleichnisse Jesu, Göttingen ⁹1977, S. 210 f.; H. MERKLEIN, Die Gottesherrschaft als Handlungsprinzip. Untersuchungen zur Ethik Jesu (FzB 34), Würzburg 1978, S. 238 und A. WEISER, Knechtsgleichnisse (s. Anm. 27), S. 87-92 V. 34 als integrativen Bestandteil der Parabel an, wobei allerdings Weiser und Merklein die in V. 34 genannte Art der Strafmaßnahme auf die Redaktion zurückführen.

sprachliche Befund von Mt 18,34[36] jedenfalls kein Argument dafür liefert, daß dieser Vers der Redaktion des Evangelisten zuzuschreiben

36 - ὀργισθείς: Das Verb ὀργίζεσθαι [»zürnen«] kommt im Matthäusevangelium dreimal vor: neben unserer Stelle noch in der ersten Antithese der Bergpredigt (Mt 5,22a) und in der Parabel vom großen Abendmahl (Mt 22,7). Nicht nur in Mt 22,7 wird der Gebrauch der Vokabel auf die Tradition zurückgehen, was sich aus der Parallele Lk 14,21 ergibt, sondern wohl auch in Mt 5,22a (vgl. G. STRECKER, Die Bergpredigt. Ein exegetischer Kommentar, Göttingen 1984, S. 67 f.; J. GNILKA, Das Matthäusevangelium. I. Teil: Kommentar zu Kap. 1,1-13,58 [HThK I/1], Freiburg i.Br. / Basel / Wien 1986, S. 152). Innerhalb der Evangelien findet sich ὀργίζεσθαι [»zürnen«] nur noch in Lk 15,28.
- ὁ κύριος: Auch zuvor im Text der Parabel ist mehrfach von ὁ κύριος [»der Herr«] die Rede (V. 25.27.31.32). Der Verbindung ὁ κύριος αὐτοῦ [»sein Herr«] entspricht im Blick auf die »Mitknechte« τῷ κυρίῳ ἑαυτῶν [»ihrem Herrn«] in V. 31; vgl. auch in V. 27: ὁ κύριος τοῦ δούλου ἐκείνου [»der Herr jenes Knechtes«].
- παρέδωκεν: Die Verbindung von παραδιδόναι [»übergeben«] mit einem Akkusativ- und einem Dativobjekt findet sich im Matthäusevangelium einerseits in bezug auf eine Sache – so in der Parabel von den anvertrauten Geldern (Mt 25,14.20.22: jeweils matthäische Redaktion) – und andererseits, wie in unserem Vers Mt 18,34, in bezug auf eine Person – so innerhalb der dritten Leidensankündigung und der Passionserzählung, jeweils auf die Markusvorlage zurückgehend (Mt 20,18 f. par. Mk 10,33; Mt 26,15 par. Mk 14,10; Mt 27,2 par. Mk 15,1), sowie innerhalb des aus Q stammenden Krisisgleichnisses Mt 5,25 f., hier ebenfalls Tradition, da auch in der Parallele Lk 12,57-59 vorkommend (vgl. G. STRECKER, Bergpredigt, S. 71 f.).
- τοῖς βασανισταῖς: βασανιστής [»Folterknecht«] ist *hapax legomenon* im Neuen Testament; daraus kann weder auf Tradition noch auf Redaktion geschlossen werden.
- ἕως οὗ ἀποδῷ πᾶν τὸ ὀφειλόμενον [»bis er alles bezahlt hätte, was er ihm schuldig war«]: Zu dieser Wendung insgesamt ist zu vergleichen Mt 5,26: ... ἕως ἂν ἀποδῷς τὸν ἔσχατον κοδράντην [»bis du den letzten Pfennig (›Quadrans‹) zurückbezahlt hast«] bzw. die Parallele Lk 12,59: ... ἕως καὶ τὸ ἔσχατον λεπτὸν ἀποδῷς [»bis du auch den letzten Pfennig (›Lepton‹) zurückbezahlt hast«]. ἀποδιδόναι im Sinne von »eine Schuld zurückzahlen« findet sich bei Matthäus gehäuft in unserer Parabel (V. 25 [2x].26.28.29.30) und weiterhin an der genannten Stelle Mt 5,26 par. Lk 12,59. ὀφείλειν kommt in der Bedeutung von »jemandem etwas schuldig sein« mehrfach in unserer Parabel vor: V. 28 (2x).30, darüber hinaus im Matthäusevangelium nur in anderer Bedeutung (Mt 23,16.18).

wäre, spricht die *Struktur der Parabel*[37] klar für die Ursprünglichkeit der Strafmaßnahme in V. 34. Abgesehen von der in V. 23b enthaltenen

37 In Anlehung an F. H. BREUKELMAN, Eine Erklärung des Gleichnisses vom Schalksknecht Matthäus 18,23-35, in: ΠΑΡΡΗΣΙΑ (FS K. Barth), Zürich 1966, S. (261-287) 262 läßt sich die Struktur der Parabel folgendermaßen darstellen:

Einleitung (MtRed. / Trad.)

(23a) Διὰ τοῦτο ὡμοιώθη ἡ βασιλεία τῶν οὐρανῶν ἀνθρώπῳ βασιλεῖ,
[»Deshalb ist das Reich der Himmel gleich einem König,«]

(23b) ὃς ἠθέλησεν συνᾶραι λόγον μετὰ τῶν δούλων αὐτοῦ.
[»der mit seinen Knechten abrechnen wollte.«]

Erste Szene (Trad.)

Einleitung

(24) ἀρξαμένου δὲ αὐτοῦ συναίρειν προσηνέχθη αὐτῷ εἷς ὀφειλέτης μυρίων ταλάντων.
[»Als er aber anfing abzurechnen, wurde einer vor ihn gebracht, der war zehntausend Talente schuldig.«]

A 1

(25) μὴ ἔχοντος δὲ αὐτοῦ ἀποδοῦναι ἐκέλευσεν αὐτὸν ὁ κύριος πραθῆναι καὶ τὴν γυναῖκα καὶ τὰ τέκνα καὶ πάντα ὅσα ἔχει καὶ ἀποδοθῆναι.
[»Weil er jedoch nicht bezahlen konnte, befahl der Herr, daß er und seine Frau und seine Kinder und alles, was er hatte, verkauft und die Zahlung geleistet würde.«]

B 1

(26a) πεσὼν οὖν ὁ δοῦλος προσεκύνει αὐτῷ λέγων·
[»Der Knecht warf sich nun vor ihm zu Boden und sagte:«]

(26b) μακροθύμησον ἐπ' ἐμοί καὶ πάντα ἀποδώσω σοι.
[»Habe Geduld mit mir, und ich will dir alles bezahlen.«]

C 1

(27) σπλαγχνισθεὶς δὲ ὁ κύριος τοῦ δούλου ἐκείνου ἀπέλυσεν αὐτὸν καὶ τὸ δάνειον ἀφῆκεν αὐτῷ.
[»Da hatte der Herr Erbarmen mit jenem Knecht und gab ihn frei, und die Schuld erließ er ihm.«]

Zweite Szene (Trad.)

Einleitung

(28a.b) ἐξελθὼν δὲ ὁ δοῦλος ἐκεῖνος εὗρεν ἕνα τῶν συνδούλων αὐτοῦ, ὃς ὤφειλεν αὐτῷ ἑκατὸν δηνάρια,
[»Als aber jener Knecht hinausging, fand er einen seiner Mitknechte, der ihm hundert Denare schuldig war.«]

A 2 (analog A 1)

(28c.d) καὶ κρατήσας αὐτὸν ἔπνιγεν λέγων· ἀπόδος εἴ τι ὀφείλεις.
[»Und er ergriff ihn, würgte ihn und sagte: Bezahle, wenn du etwas schuldig bist!«]

B 2 (analog B 1)

(29a) πεσὼν οὖν ὁ σύνδουλος αὐτοῦ παρεκάλει αὐτὸν λέγων·
[»Sein Mitknecht warf sich nun nieder und bat ihn:«]

(29b) μακροθύμησον ἐπ' ἐμοί, καὶ ἀποδώσω σοι.
[»Habe Geduld mit mir, und ich will dir's bezahlen.«]

C 2 (in Spannung zu C 1)

(30) ὁ δὲ οὐκ ἤθελεν ἀλλὰ ἀπελθὼν ἔβαλεν αὐτὸν εἰς φυλακὴν ἕως ἀποδῷ τὸ ὀφειλόμενον.
[»Er aber wollte nicht, sondern ging hin und ließ ihn ins Gefängnis setzen, bis er die Schuld bezahlt hätte.«]

Dritte Szene (Trad.)

Einleitung

(31) ἰδόντες οὖν οἱ σύνδουλοι αὐτοῦ τὰ γενόμενα ἐλυπήθησαν σφόδρα καὶ ἐλθόντες διεσάφησαν τῷ κυρίῳ ἑαυτῶν πάντα τὰ γενόμενα.
[»Als nun seine Mitknechte sahen, was geschehen war, wurden sie sehr betrübt und kamen und berichteten ihrem Herrn alles, was geschehen war.«]

A 3 (Bezug: C 1)

(32a) τότε προσκαλεσάμενος αὐτὸν ὁ κύριος αὐτοῦ λέγει αὐτῷ·
[»Da ließ sein Herr ihn herbeirufen und sagte zu ihm:«]

(32b) δοῦλε πονηρέ, πᾶσαν τὴν ὀφειλὴν ἐκείνην ἀφῆκά σοι, ἐπεὶ παρεκάλεσάς με·
[»Du böser Knecht, jene ganze Schuld habe ich dir erlassen, weil du mich batest.«]

B 3 (Bezug: C 2)

(33) οὐκ ἔδει καὶ σὲ ἐλεῆσαι τὸν σύνδουλόν σου, ὡς καγὼ σὲ ἠλέησα;
[»Hättest nicht auch du dich deines Mitknechtes erbarmen sollen, wie ich mich deiner erbarmt habe?«]

C 3 (Auflösung der Spannung zwischen C 1 und C 2)

(34) καὶ ὀργισθεὶς ὁ κύριος αὐτοῦ παρέδωκεν αὐτὸν τοῖς βασανισταῖς ἕως οὗ ἀποδῷ πᾶν τὸ ὀφειλόμενον.
[»Und sein Herr wurde zornig und übergab ihn den Folterknechten, bis er alles bezahlt hätte, was er ihm schuldig war.«]

vorredaktionellen Einleitung der Parabel, gliedert sich diese in drei Szenen (V. 24-27 / V. 28-30 / V. 31-34). Dabei sind die beiden ersten Szenen ganz analog aufgebaut; auf eine einleitende Situationsbeschreibung (V. 24 bzw. V. 28a.b) folgen jeweils drei Teile: 1. Verhalten eines Gläubigers gegenüber seinem Schuldner (V. 25 bzw. V. 28c.d), 2. Bitte des Schuldners um Zahlungsaufschub (V. 27 bzw. V. 30). Die Spannung, die aus den gegensätzlichen Reaktionen der beiden Gläubiger resultiert, findet ihre Auflösung in der dritten Szene. Nach der Überleitung in V. 31 wird zunächst die vorbildhafte Reaktion des Herrn auf die Bitte des Knechts aus der ersten Szene in Erinnerung gerufen (V. 32), sodann das unbarmherzige Verhalten des Knechts gegenüber seinem Mitknecht aus der zweiten Szene in der Form einer rhetorischen Frage verurteilt (V. 33). Schließlich mündet die dritte Szene in ein erneutes Handeln des Herrn, das seine Reaktion in der ersten Szene ins Gegenteil verkehrt und sich dabei an der Reaktion des Knechts in der zweiten Szene orientiert (V. 34).

Neben der Strukturanalyse erweist auch der *inhaltliche* Duktus der Parabelerzählung V. 34 als notwendigen Bestandteil des Ganzen. Der Kontrast zwischen der unfaßbaren Barmherzigkeit des Königs, die sich als verpflichtendes Vorbild hätte auswirken müssen, und der Unbarmherzigkeit des Knechts, der undankbar und kleinlich auf sein Recht pocht, fordert die Verurteilung des Knechts[38]. Diese vollzieht sich in zwei Schritten: zum einen in dem Schuldnachweis in Gestalt einer rhetorischen Frage, die entsprechend der erfahrenen Barmherzigkeit des Königs barmherziges Verhalten anmahnt (V. 33); zum anderen in der Bestrafung (V. 34). Wenn auch die Frage des Königs: »Hättest nicht auch du dich deines Mitknechts erbarmen müssen, wie auch ich mich deiner erbarmt habe?!«, zu Recht als Höhepunkt der Parabelerzählung gilt[39], so kann aber dennoch nicht auf die Mitteilung der Bestrafung verzichtet werden, da die sich dem Hörer der Geschichte aufdrängende

Anwendung / Abschluß (MtRed.)

(35) οὕτως καὶ ὁ πατήρ μου ὁ οὐράνιος ποιήσει ὑμῖν,
ἐὰν μὴ ἀφῆτε ἕκαστος τῷ ἀδελφῷ αὐτοῦ ἀπὸ τῶν καρδίων ὑμῶν.
[»So wird auch mein himmlischer Vater euch tun,
wenn ihr nicht jeder seinem Bruder von Herzen vergebt.«]

38 Vgl. A. WEISER, Knechtsgleichnisse (s. Anm. 27), S. 90 f. u. H. MERKLEIN, Gottesherrschaft (s. Anm. 35), S. 239 f.

39 So u.a. A. WEISER, Knechtsgleichnisse, S. 90.

Frage, ob der unbarmherzige Knecht »die Vorteile des unermeßlichen Schuldenerlasses behalten« darf, eine Antwort erhalten muß, die nur der Erzähler der Parabel zu geben vermag[40].

Dagegen können die innerhalb der exegetischen Diskussion vorgebrachten Argumente gegen die ursprüngliche Zugehörigkeit von V. 34 zur Parabel nicht überzeugen. Es sei hier auf sie noch kurz eingegangen:

HANS WEDER etwa argumentiert: »Das nach V. 34 über den Knecht hereinbrechende Gericht ... *darf gar nicht mehr erzählt werden*, denn es relativiert die zuvorkommende Barmherzigkeit Gottes. Es macht diese nämlich abhängig von unserem (Un-) Vermögen, ihr zu entsprechen.«[41] Hier handelt es sich um ein an die Parabel herangetragenes dogmatisches Postulat, das die ihm beigemessene Beweislast nicht zu tragen vermag. Und der bei ähnlicher Argumentation von ERNST FUCHS[42] behauptete Widerspruch zwischen Mt 18,34 und der Rede von dem »Vater in den Himmeln«, der »seine Sonne über Böse und Gute aufgehen und über Gerechte und Ungerechte regnen läßt«, in Mt 5,45 trifft nicht zu. Abgesehen von dem Problem, ob Mt 5,45 überhaupt dem historischen Jesus als Begründung des Gebots der Feindesliebe zugeschrieben werden kann[43], gilt es die in frühjüdischer Apokalyptik vorgenommene Unterscheidung zu beachten zwischen Gottes durch Gnade und Langmut bestimmten Schöpferhandeln, das Zeit zur Umkehr gewährt, und seinem durch Recht und Gerechtigkeit bestimmten eschatologischen Gerichtshandeln, das keine Umkehrmöglichkeit mehr einräumt[44].

INGO BROER bestreitet die Ursprünglichkeit von V. 34, weil dieser Vers »vom bislang in der Parabel im Vordergrund stehenden Verhalten auf das Schicksal

40 S. a.a.O., S. 91.

41 H. WEDER, Gleichnisse (s. Anm. 30), S. 215; ähnlich W. HARNISCH, Gleichniserzählungen (s. Anm. 34), S. 262.

42 E. FUCHS, Das Zeitverständnis Jesu (1960), in: ders., Zur Frage nach dem historischen Jesus. GAufs. II, Tübingen 1960, S. (304-376) 361; zustimmend zitiert von P. FIEDLER, Jesus (s. Anm. 33), S. 197.

43 Vgl. U. LUZ, Das Evangelium nach Matthäus. 1. Teilbd.: Mt 1-7 (EKK I / 1), Zürich / Einsiedeln / Köln / Neukirchen-Vluyn 1985, S. 309; s. auch G. STRECKER, Bergpredigt (s. Anm. 36), S. 93 f.

44 S. äthHen 38,6; 50,2-5; 62,9-12; 63,1-12; 98,10; IV Esr 7,33.74.82.105. 113-115; 9,11 f.; 14,32-35; syrBar 24,2; 44,12-15; 48,27.29; 85,8-15; Sib 5,353.510; vgl. dazu E. BRANDENBURGER, Die Verborgenheit Gottes im Weltgeschehen. Das literarische und theologische Problem des 4. Esrabuches (AThANT 68), Zürich 1981, S. 191 f.

umspringt«[45]. Dagegen ist einzuwenden, daß es als nicht sinnvoll erscheint, Verhalten gegen Schicksal auszuspielen, da das jeweilige Handeln einer beteiligten Person am Ende der drei Szenen der Parabel das Geschick einer anderen in sich einschließt.

Daß V. 34 »der Parabel etwas von ihrer Durchschlagskraft nimmt«[46] – wie Broer meint –, ist nicht zwingend. Ganz im Gegenteil wird noch die Durchschlagskraft erhöht, indem nämlich durch den berichteten Strafvollzug die Intention der Parabel unterstrichen wird, den Hörer aus rechtlich-unbarmherzigen Verhaltensweisen herauszurufen und auf das Vorbild der erfahrenen Barmherzigkeit Gottes zu verpflichten, da er anderenfalls die Verurteilung in Gottes Endgericht zu erwarten hat.

Schließlich kann auch Broers letztes Argument – »Sollten V. 33 und V. 34 eine Einheit bilden ..., dann hätte V. 34 in die direkte Rede integriert werden müssen«[47] – nicht überzeugen. Die Frage des Königs in V. 33 stellt zweifellos den Höhepunkt der Parabel dar; dieser wird aber nicht durch den Vollzug der Strafe in V. 34 verlagert. Die Bestrafung wird darum nicht ebenfalls in direkter Rede thematisiert, sondern sie wird berichtet – wie zuvor das Handeln des Königs und des Knechts am Ende der ersten beiden Szenen.

4.2. Die Frage nach der Authentizität

Es gilt nun entsprechend den bereits erläuterten Kriterien zu prüfen, ob der Grundbestand der Parabel vom unbarmherzigen Knecht – Mt 18,23b-34 – in die Verkündigung des historischen Jesus hineingehört oder nicht. Und zwar ist diese Frage nach der Authentizität gerade auch an die vorliegende Gestalt von V. 34 zu richten. Denn die These, daß die ursprüngliche Parabel Jesu zwar mit einer Strafmaßnahme geendet habe, V. 34 aber »seine jetzige Gestalt wohl der Redaktionsarbeit des Evangelisten« verdanke[48] – diese These wurde von ALFONS WEISER und HELMUT MERKLEIN[49] vertreten –, halte ich für nicht ausreichend begründet. Weder läßt der sprachliche Befund auf matthäische Redaktion schließen, noch stellt die »starke Betonung des Gerichtsgedankens in Gleichnissen des Mt«[50] als solche einen Grund dar, redaktionelle Ein-

45 I. BROER, Parabel (s. Anm. 34), S. 156.

46 S. ebd.

47 A.a.O., S. 157.

48 Siehe A. WEISER, Knechtsgleichnisse (s. Anm. 27), S. 92.

49 H. MERKLEIN, Gottesherrschaft (s. Anm. 35), S. 238.

50 A. WEISER, Knechtsgleichnisse (s. Anm. 27), S. 92.

griffe in V. 34 anzunehmen. Und warum erst für Matthäus und nicht bereits für die Urfassung der Parabel bedeutsam sein soll, daß »die Bestrafung in V. 34 schlimmer ausfallen muß« als die des Mitknechts in V. 30, ist nicht einsichtig[51]. Die Übergabe des unbarmherzigen Knechts an die Folterknechte[52] dient im Kontext des Matthäusevangeliums sicher als Metapher für die endzeitliche ewige Peinigung in der Gehenna. Man denke an Mt 8,29, wo die beiden besessenen Gadarener Jesus anschreien: »Bist du hierher gekommen, uns vor der Zeit zu quälen?« Aber auch für Jesus selbst, falls sich die Parabel als authentisch erweisen läßt, legt sich ein solches Verständnis von V. 34 nahe[53] – insbesondere dann, wenn die Mahnworte über die von menschlichen Körperteilen ausgehenden Verführungen in Mk 9,43*.45.47 Jesus zum Urheber haben[54]. Dürfen wir die Parabel im Lichte der genannten Mahnworte verstehen, dann wird noch deutlicher, daß das in der Parabel angesprochene Gerichtsgeschehen den letzten umfassenden Gerichtsakt meint, der den endzeitlichen Prozeß der sich in Heil und Gericht durchsetzenden Gottesherrschaft zum Abschluß bringen wird.

51 Gegen A. WEISER, ebd.

52 Zum Zweck der Folterung im Orient: »Die Folterung wird im Orient regelmäßig gegen ungetreue oder in der Ablieferung der Steuern saumselige Statthalter angewendet, um herauszubekommen, wo sie das Geld versteckt haben, oder um die Summe von ihren Verwandten oder Freunden zu erpressen.« (J. JEREMIAS, Gleichnisse [s. Anm. 35], S. 210; so auch bereits J. WELLHAUSEN, Das Evangelium Matthaei, Berlin [2]1914 [[1]1904], S. 91) Den Sinn der Folterung innerhalb der Parabel hat E. LINNEMANN, Gleichnisse (s. Anm. 26), S. 116 richtig erkannt: »Nach dem, was in V. 25 erzählt worden ist, kann der Hörer des Gleichnisses indes nicht den Eindruck gewinnen, daß die Folterung hier als Mittel dienen soll, die Schuldsumme herbeizuschaffen. An eine Auslösung ist angesichts der Höhe der Schuld nicht zu denken. ›Bis daß er alles bezahlt hätte‹ kann also ›nur besagen, daß die Strafe kein Ende findet‹ [J. Jeremias, Gleichnisse, 210].«

53 Vgl. J. JEREMIAS, Gleichnisse (s. Anm. 35), S. 210 f.; W. ZAGER, Gottesherrschaft und Endgericht in der Verkündigung Jesu. Eine Untersuchung zur markinischen Jesusüberlieferung einschließlich der Q-Parallelen (BZNW 82), Berlin / New York 1996, S. 313-315.

54 Vgl. W. ZAGER, Gottesherrschaft, S. 210-223.

4.2.1. Dissimilarität

Wenden wir uns nun dem ersten Kriterium für die Authentizität zu: dem der Dissimilarität. Es gilt zu fragen, ob sich zu der Parabel in der frühchristlichen Verkündigung oder im antiken Judentum inhaltliche Parallelen finden und sie gegebenenfalls von dort her unmittelbar abgeleitet werden kann, oder ob dies gerade nicht zutrifft.

Eine Auswertung des alttestamentlich-jüdischen Vergleichsmaterials[55] erbringt: Es gibt hier keine Belegstelle, »die Gottes vorgängiges und das menschliche Handeln in so eindringlicher Weise zueinander in Relation« bringt wie unsere Parabel[56]. Von der Aussage am nächsten kommen der Parabel vom unbarmherzigen Knecht Textstellen aus dem Deuteronomium (Dtn 7,7-15; 10,12-14), die von Jahwes sich herabneigendem Erwählen seines Volkes und seiner Liebe zu diesem bzw. den Vätern sprechen, die Israel erwidern soll. Allerdings ist im Deuteronomium nicht wie in unserer Parabel von Gottes Vergebung die Rede, der man nur teilhaftig bleiben kann, wenn man sie sich im Verhalten gegenüber dem schuldig gewordenen Mitmenschen zum Vorbild nimmt. Der Gedanke der Parabel, daß nur demjenigen die Schuld von Gott verziehen wird, der selbst seinem Mitmenschen verzeiht, hat seine Parallele in Sir 28,2: »Erlaß das [dir angetane] Unrecht deinem Nächsten, und alsdann werden, wenn du darum bittest, deine Sünden vergeben werden.«[57] Jedoch der Gedanke von Gottes vorgängiger alles Begreifen übersteigenden Barmherzigkeit, die im zwischenmenschlichen Bereich zur Nachahmung anhält, fehlt bei Jesus Sirach.

Abgesehen von der paulinischen Rechtfertigungsbotschaft mit der aus ihr resultierenden Ethik, wobei jene allerdings in Kreuzestod und Auferstehung Jesu Christi gründet[58], kann letzterer Gedanke nicht aus frühchristlicher Theologie hergeleitet werden. Hier wird vielmehr Gottes Vergeben »an ein ›Zuvor‹ der Tat menschlicher Vergebung gebun-

55 Vgl. I. BROER, Parabel (s. Anm. 34), S. 161-163.

56 S. a.a.O., S. 162.

57 Übers. nach: V. RYSSEL, Die Sprüche Jesus', des Sohnes Sirach, in: E. Kautzsch (Hg.), Die Apokryphen und Pseudepigraphen des Alten Testaments I: Die Apokryphen des Alten Testaments, Darmstadt [4]1975 (= Tübingen [1]1900), S. (230-475) 372. – Vgl. insgesamt Sir 27,30-28,7.

58 Vgl. Röm 4,25; 6,1-23; Gal 5,25; s. auch die deuteropaulinischen Texte Kol 3,12 f. u. Eph 4,32.

den«[59]; so auch in der vom Evangelisten stammenden Anwendung unserer Parabel in V. 35[60].

Aus dem Gesagten ergibt sich also, daß die Parabel vom unbarmherzigen Knecht die Anforderungen des Dissimilaritätskriteriums erfüllt, da sie weder aus der frühchristlichen Verkündigung noch aus dem damaligen Judentum direkt hergeleitet werden kann.

4.2.2. Kohärenz

Das zweite Authentizitätskriterium, das der Kohärenz, fragt danach, ob der betreffende Text inhaltlich schlüssig in den Gehalt der bisher als authentisch erkannten Jesusverkündigung hineinpaßt oder nicht.

Der in unserer Parabel vorkommende Gedanke, daß man von seiten Gottes nur mit der Behandlung rechnen darf, die man selbst den Mitmenschen hat zuteil werden lassen, findet sich auch sonst in der synoptischen Tradition: im Logion vom Messen (Mk 4,24c mit Q-Parallele: Lk 6,38c par. Mt 7,2b) und im Logion vom Richten (Lk 6,37 par. Mt 7,1.2a). Jedoch kann weder eindeutig entschieden werden, ob die jeweilige Urform der beiden genannten Logien sich auf das Endgericht bezieht, noch ob sie sich auf den historischen Jesus zurückführen läßt[61]. Die Thematik der Vergebung im Endgericht, die in der dritten Szene der Parabel erscheint, findet sich auch in der dem historischen Jesus zuzuschreibenden Fassung des Vaterunsers – jedenfalls dann, wenn man mit GEORG STRECKER als »Zielpunkt« der betreffenden Vaterunser-Bitte[62] »die göttliche Vergebung im endzeitlichen Gericht«[63] bestimmt[64].

59 Siehe G. STRECKER, Bergpredigt (s. Anm. 36), S. 126.

60 Vgl. ferner die Erweiterung der Vergebungsbitte des Vaterunsers in Mt 6,12b (vgl. a.a.O., S. 125 f.), die matthäische Interpretation des Vaterunsers in Mt 6,14 f. und die nachmarkinischen Glossen Mk 11,25.26 (vgl. a.a.O., S. 129 f. mit Anm. 87).

61 Vgl. W. ZAGER, Gottesherrschaft (s. Anm. 53), S. 175-179.

62 Lk 11,4a par. Mt 6,12a.

63 Siehe G. STRECKER, Bergpredigt (s. Anm. 36), S. 125.

64 Sollte entgegen der eben (s.o. Anm. 60) geäußerten Auffassung auch der zweite Teil der Vergebungsbitte im Vaterunser von Jesus selbst stammen, dann würde der historische Jesus auch in dieser Bitte den für die Parabel

Wenn hier auch Unsicherheiten bleiben, so läßt sich zumindest dies sagen: Mit der beginnenden Verwirklichung der Gottesherrschaft in Jesu Gegenwart läßt sich schlüssig die Erwartung eines künftigen Endgerichts verbinden, das mit der universalen und unbestrittenen Durchsetzung der Gottesherrschaft einhergeht[65].

4.2.3. Quantität

Das Quantitätskriterium, das danach fragt, ob die bearbeitete Textstelle mehrfach überliefert ist – das könnte die Annahme der Authentizität stützen –, erfüllt die Parabel vom unbarmherzigen Knecht nicht: Sie zählt zum matthäischen Sondergut, ist also nur in dieser einen Fassung überliefert.

4.2.4. Sprachlich-stilistische Merkmale

Die Wendung ἄρχομαι [»anfangen«] + Infinitiv, ohne daß vom Fortgang der so eingeführten Handlung etwas gesagt werden soll[66], in V. 24 und das Verb σπλαγχνίζεσθαι in der erst im späteren jüdischen Schrifttum bezeugten Bedeutung »sich erbarmen«[67] in V. 27 weisen auf den semitischen Hintergrund und damit auf das hohe Alter des Textes hin.

Damit ergibt sich insgesamt folgender Schluß: Die Parabel vom unbarmherzigen Knecht[68] darf mit großer Wahrscheinlichkeit auf den historischen Jesus zurückgeführt werden. Sie genügt insbesondere dem Dissimilaritätskriterium, aber auch dem Kohärenzkriterium, zusätzlich abgesichert durch sprachliche Beobachtungen.

vom unbarmherzigen Knecht konstitutiven Zusammenhang von Gottes Vergebung und zwischenmenschlicher Vergebung zur Sprache bringen.

65 Vgl. W. ZAGER, Gottesherrschaft (s. Anm. 53), S. 144-147.311-313.

66 Vgl. G. DALMAN, Die Worte Jesu mit Berücksichtigung des nachkanonischen Schrifttums und der aramäischen Sprache erörtert, Bd. I, Leipzig ²1930, S. 21 f.29.

67 Vgl. H. KÖSTER, Art. σπλάγχνον κτλ., in: ThWNT 7, Stuttgart 1964, S. (548-559) 550,27-552,30. 553,18-554,9.

68 Zur Exegese von Mt 18,23-35 vgl. auch M. REISER, Die Gerichtspredigt Jesu. Eine Untersuchung zur eschatologischen Verkündigung Jesu und ihrem frühjüdischen Hintergrund (NTA.NF 23), Münster 1990, S. 262-269.; J. BECKER, Jesus von Nazaret, Berlin / New York 1996, S. 85-89.

5. Exegetische und theologische Einsichten bei der Beantwortung der Frage nach dem historischen Jesus

5.1. *Jesus von Nazareth – ein Mensch seiner Zeit*

Bei der Suche nach dem historischen Jesus kann es natürlich nicht sein Bewenden damit haben, authentische Überlieferung von nichtauthentischer zu scheiden. Vielmehr geht es auch darum, die als echt erwiesenen Traditionseinheiten aus ihrem zeitgeschichtlichen, religiösen und kulturellen Zusammenhang zu verstehen und damit Jesus von Nazareth als einen Menschen seiner Zeit wahrzunehmen. Entdecken wir dabei Züge, die sich durch den Lauf der Geschichte und den Wandel der Erkenntnisse verändert haben und die heute überholt sind, braucht uns das nicht zu verunsichern; hilft es doch zu einem historisch angemessenen Verstehen.

Jesus von Nazareth war von seiner Weltanschauung her dem antiken Weltbild verhaftet, das auch den Schilderungen der Weltschöpfung im Alten Testament zugrunde liegt. Er lebte in der Vorstellung von guten und bösen Geistern, von Engeln[69] und Dämonen[70], von Satan[71], von der Hölle, die »unten« dem Menschen mit ewiger Verdammnis[72] droht, und vom Himmel, der »oben« den Vatergott, seine Boten und schließlich die Seelen der Vollendeten beherbergt[73]. Als Beispiele dafür sei auf folgende authentische Jesusworte hingewiesen: »Wenn ich ... durch den Finger Gottes die Dämonen austreibe, so ist ja das Reich Gottes zu euch gekommen.« (Lk 11,20) »Ich sah den Satan wie einen Blitz vom Himmel fallen.« (Lk 10,18) »Wenn dich deine Hand zur Sünde verführt, so haue sie ab! Es ist besser, daß du verstümmelt in das Leben eingehst, als daß du beide Hände hast und in die Hölle kommst. Und wenn dich dein Auge zur Sünde verführt, so reiß es aus! Es ist besser, daß du einäugig in das Reich Gottes eingehst, als daß du zwei Augen

69 Vgl. Mk 12,25; Lk 16,22.

70 Vgl. insgesamt Lk 11,14 f.17-20 par. Mt 12,22-28 sowie ferner Mk 1,34.39; 3,22-27; 6,7.

71 Vgl. außer den in Anm. 70 genannten Texten noch Lk 11,21 f.

72 Vgl. Mt 5,29 f.; 18,34; Mk 9,43.45.47; Lk 16,23.

73 Vgl. Lk 15,7; 16,22-26.

hast und in die Hölle geworfen wirst.« (Mk 9,43*.47) Dieses Weltbild ist nicht mehr das unsere. Wir wissen wohl, daß es in unserem Leben und in unserer Welt sowohl gute, lebensfördernde Kräfte als auch böse und zerstörerische Mächte gibt. Wir wissen aber auch, daß sie mit solchen Vorstellungen wie »Hölle und Himmel«, »oben und unten«, »Teufel und Engel« nicht mehr begriffen werden können. Ohne Furcht also dürfen wir solche Anschauungen, die mit dem Weltbild des Altertums verbunden sind, als für uns heute nicht mehr bindend ansehen.

Jesus von Nazareth lebte wie viele Juden seiner Zeit in der glühenden Erwartung, Gottes Herrschaft würde noch zu Lebzeiten seiner eigenen Zeitgenossen sichtbar und endgültig in unserer Welt Gestalt annehmen[74]. Diese Hoffnung erfüllte sich nicht. Das endgültige Sich-Durchsetzen des Reiches Gottes verzögerte sich und blieb letztlich ganz aus. Darum ist es nicht verfehlt, zu sagen: In diesem Punkt hat sich Jesus von Nazareth geirrt. Das muß selbst ein so besonnener Neutestamentler wie EDUARD LOHSE einräumen[75]. Das Reich Gottes hat sich in unserer Welt noch nicht endgültig durchgesetzt, das Ringen um seine Verwirklichung, das Hoffen auf sein Kommen hielt an. Bis auf den heutigen Tag. So ist gerade die endzeitliche Ausrichtung der Predigt Jesu das, was es uns so schwer macht, seine Botschaft als uns wirklich in unserer heutigen Lebenssituation betreffendes Wort zu verstehen.

Dieses Problem hatte bereits JOHANNES WEISS[76] klar erkannt, und ALBERT SCHWEITZER hat es in seiner »Geschichte der Leben-Jesu-Forschung«[77] herausgestellt:

»Es ist der Leben-Jesu-Forschung merkwürdig ergangen. Sie zog aus, um den historischen Jesus zu finden, und meinte, sie könnte ihn dann, wie er ist, als Lehrer und Heiland in unsere Zeit hineinstellen. Sie löste die Bande, mit denen

74 Vgl. Mk 9,1; Lk 10,9 par. Mt 10,7; Lk 11,20 par. Mt 12,28.

75 E. LOHSE, Grundriß der neutestamentlichen Theologie (ThW 5), Stuttgart / Berlin / Köln [4]1989, S. 30: »Die Naherwartung, die Jesus und die ersten Christen geteilt haben (Mk. 13,30 Par.), hat sich nicht erfüllt.«

76 J. WEISS, Die Predigt Jesu vom Reiche Gottes, Göttingen [1]1892, [2]1900 (= [3]1964, hg. v. F. Hahn, mit einem Geleitwort von R. Bultmann). – Vgl. dazu W. ZAGER, Begriff und Wertung der Apokalyptik in der neutestamentlichen Forschung (EHS.T 358), Frankfurt a.M. / New York / Paris 1989, S. 89 f.92-96.99 f.

77 A. SCHWEITZER, Geschichte der Leben-Jesu-Forschung (s. Anm. 18), bes. S. 402-450.

er seit Jahrhunderten an den Felsen der Kirchenlehre gefesselt war, und freute sich, als wieder Leben und Bewegung in die Gestalt kam und sie den historischen Menschen Jesus auf sich zukommen sah. Aber er blieb nicht stehen, sondern ging an unserer Zeit vorüber und kehrte in die seinige zurück. Das eben befremdete und erschreckte die Theologie der letzten Jahrzehnte, daß sie ihn mit allem Deuteln und aller Gewalttat in unserer Zeit nicht festhalten konnte, sondern ihn ziehen lassen mußte. Er kehrte in die seine zurück mit derselben Notwendigkeit, mit der das befreite Pendel sich in seine ursprüngliche Lage zurückbewegt.«[78]

Die Einsicht, daß die Reich-Gottes-Verkündigung Jesu stark endzeitlich bestimmt war, ist nicht zuletzt gegenüber dem in neuerer Zeit besonders im Bereich der amerikanischen Forschung unternommenen Versuch zur Geltung zu bringen, die Verkündigung des historischen Jesus ohne Verbindung zu frühjüdischer Eschatologie zu rekonstruieren[79]. Doch ein solcher »nicht-eschatologischer Jesus«, der hier gezeichnet wird, kann nur eine Wunschvorstellung sein, die keinen wirklichen Anhalt an den Quellen besitzt[80].

78 A.a.O., S. 620 f.

79 Vgl. etwa M. J. BORG, Conflict, Holiness and Politics in the Teaching of Jesus (SBEC 5), Lewiston / New York / Queenston, Ontario 1984; DERS., A Temperate Case for a Non-Eschatological Jesus, in: Forum: Foundations & Facets 2/3 (1986), S. 81-102; DERS., An Orthodoxy Re-Considered – The ›End-of-the-World-Jesus‹, in: The Glory of Christ in the New Testament (Studies in Christology in Memory of G. B. Caird), hg. v. L. D. Hurst u. N. T. Wright, Oxford 1987, S. 207-217; DERS., Jesus: A New Vision (s. Anm. 9); J. D. CROSSAN, The Historical Jesus (s. Anm. 8); R. W. FUNK / R. W. HOOVER, and the JESUS SEMINAR, The Five Gospels: The Search for the Authentic Words of Jesus, New York 1993; B. L. MACK, A Myth of Innocence. Mark and Christian Origins, Philadelphia 1988; W. S. VORSTER, Jesus: Eschatological Prophet and / or Wisdom Teacher?, in: HTS 47 (1991), S. 526-542; s. auch H. MERKEL, Die Gottesherrschaft in der Verkündigung Jesu, in: M. Hengel u. A. M. Schwemer (Hg.), Königsherrschaft Gottes und himmlischer Kult im Judentum, Urchristentum und in der hellenistischen Welt (WUNT 55), Tübingen 1991, S. 119-161; W. SIMONIS, Jesus von Nazareth. Seine Botschaft vom Reich Gottes und der Glaube der Urgemeinde. Historisch-kritische Erhellung der Ursprünge des Christentums, Düsseldorf 1985.

80 Vgl. dazu die treffenden Bemerkungen von H. KÖSTER, Jesus the Victim, in: JBL 111 (1992), S. (3-15) 7.14.

Zwar ist das Bemühen von seiten der Theologie berechtigt, die Botschaft Jesu auch dem modernen und aufgeklärten Zeitgenossen nahezubringen. Das darf aber nicht zur Verzerrung der Historie führen. Denn: »Die Ehrfurcht vor der Wahrheit – und auch die historische Wahrheit hat Anspruch auf Ehrfurcht – gebietet, daß wir die Dinge nehmen, wie sie sind, und die Schwierigkeiten, so schmerzlich sie für uns sind, anerkennen.«[81]

5.2. Jesus von Nazareth – Anstoß für unsere Zeit

Wenn es denn so ist, daß Jesus von Nazareth ein Mensch seiner Zeit war, dem Weltbild seiner Zeit verhaftet, vor Irrtümern nicht gefeit, mit Hoheitstiteln erst später belegt, wie kann uns dieser Jesus dann überhaupt noch etwas bedeuten? Diese grundsätzliche theologische Frage drängt sich uns unabweisbar auf, wenn wir uns der Jesusforschung mit intellektueller Redlichkeit und Wahrhaftigkeit hingeben und deren Erkenntnisse ernst nehmen. Oder noch konkreter gefragt: Wie kann Jesus uns zum »Herrn« werden, um einmal den wohl weitreichendsten christologischen Würdetitel aufzugreifen?

Er kann uns dann zum Herrn unserer Gedanken werden, wenn wir uns an seinem Willen orientieren. Wenn wir danach fragen: Was wollte Jesus den Menschen sagen? Was wollte er mit seinen Worten, mit seinem Verhalten erreichen? Was wollte er ändern? Wenn wir so fragen, wenn wir so seinen Willen erkennen und diesen Willen auch zu unserem eigenen Wollen machen, dann erreichen wir eine tiefe geistige Gemeinschaft mit ihm. Jesus wußte sich in den Dienst des Willens jenes Gottes gestellt, der allein »gut« genannt zu werden verdient[82], der »unbedingter Wille zum Guten« ist[83]. Und zwar sah Jesus seinen Auftrag darin, die Menschen – gerade die Schwachen, Kranken und an den Rand der Gesellschaft Gedrängten – der Zuwendung Gottes zu vergewissern, ihnen Gottes Barmherzigkeit zu predigen und sie Gottes Liebe erfahren zu lassen, nicht nur mit Worten, sondern durch sein ganzes Verhalten. Folgen wir darin Jesus, dann haben wir innere Gemeinschaft mit ihm und können uns getrost und unbekümmert von Vorstellungen

81 A. SCHWEITZER, Die Religion im heutigen Geistesleben, Hibbert-Vorlesungen 1934 (masch. Ms. von J. Zürcher), S. 192.

82 Vgl. Mk 10,17 f. parr.

83 Siehe G. THEISSEN / A. MERZ, Der historische Jesus (s. Anm. 1), S. 250.

und Hoffnungen lösen, die einer vergangenen Zeit angehören und die daher nicht künstlich aufrechterhalten werden müssen. Denn es gibt »keine Weltanschauung, so groß und tief sie sei, die nicht Vergängliches enthält. Aber der Wille selbst ist zeitlos. Er offenbart das unergründliche und primäre Wesen einer Persönlichkeit und bedingt auch die letzte und grundlegende Bestimmtheit ihrer Weltanschauung.«[84]

Worin aber besteht nun – näher betrachtet – dieser Wille, der in Jesus lebte und in dem wir mit ihm gemeinsam leben können?

Jesus wollte dem *einzelnen Menschen* in seinem Volk einen Weg zu Gott eröffnen. Darum sprach er zu den Menschen von Gottes freier und barmherziger Liebe – so etwa in den Parabeln von den Arbeitern im Weinberg, vom verlorenen Schaf, vom verlorenen Groschen und vom verlorenen Sohn[85]. Darum verwirklichte er selbst die Gottesliebe in seiner tätigen Zuwendung zu den in der Gesellschaft gering geachteten Frauen und Kindern sowie zu denen, die schuldig geworden waren, zu Zöllnern, Sündern und Prostituierten[86], zu den Menschen, die Hilfe, Nähe oder Rat brauchten. Darum ging er seinen Lebensweg als einen konsequenten Liebesweg bis zum bitteren Ende. Das eine Wort am Kreuz, das Lukas dem gekreuzigten Jesus in den Mund gelegt hat, dürfte dessen Haltung zutreffend wiedergeben: »Vater, vergib ihnen; denn sie wissen nicht, was sie tun!«[87] Jesus ging es also in seiner gesamten Wirksamkeit bis hin zu seinem Kreuzestod darum, daß der einzelne Mensch seine Bestimmung erlangt, indem er sich von Gott geliebt und angenommen weiß. In diesem festen Wissen vermag er nämlich so zu werden, wie Gott ihn will: voller Vertrauen in ihn, mit offenem Her-

84 A. SCHWEITZER, Geschichte der Leben-Jesu-Forschung (s. Anm. 18), S. 623; zu Schweitzers Hermeneutikkonzept des Verstehens von Wille zu Wille vgl. H. PLEITNER, Schweitzers Suche nach einem Zugang zu Jesus als Weg zur ›Ehrfurcht vor dem Leben‹, in: W. E. Müller (Hg.), Zwischen Denken und Mystik. Albert Schweitzer und die Theologie heute (BASF 5), Bodenheim 1997, S. 54-71; bes. S. 63-71.

85 Vgl. Mt 20,1-15; Lk 15,4-7 par. Mt 18,12 f.; Lk 15,8-10.11-32; zu Lk 15,11-32 s. insbesondere E. RAU, Jesu Auseinandersetzung mit Pharisäern über seine Zuwendung zu Sünderinnen und Sündern. Lk 15,11-32 und Lk 18,10-14a als Worte des historischen Jesus, in: ZNW 89 (1998), S. 5-29.

86 Vgl. Mk 2,15-17; 10,13-16; Lk 15,2; 18,10-14a; 19,5-7.9.

87 Lk 23,34.

zen gegenüber dem Mitmenschen und der Mitkreatur, barmherzig und einfühlsam.

Darüber hinaus wollte Jesus Israel insgesamt, ja tendenziell der *ganzen Menschheit*[88] einen Weg zu Gott eröffnen. Denn wenn der einzelne Mensch sich in der Gottesliebe geborgen fühlt und von daher innerlich gewandelt in dieser Welt lebt und handelt, ändert sich auch das Gesicht dieser Erde: Es wächst eine Welt, in der Güte und Gerechtigkeit wohnen, in der die sozialen und politischen Spannungen und Gegensätze aufgehoben sind, in der Friede im umfassenden Sinne herrscht zwischen den Menschen und Gott, zwischen den Menschen untereinander und zwischen den Menschen und der übrigen Schöpfung. Es setzt sich Gottes ethischer Wille auf Erden durch, oder mit anderen Worten: Es wächst das Reich Gottes.

Mögen diese Gedanken auch eine aktualisierende Deutung sein und über rein historisch-exegetische Erkenntnisse hinausgehen; sie basieren aber auf der Wachstumsvorstellung, die für Jesu Reich-Gottes-Botschaft grundlegend war. Die Gottesherrschaft ereignet sich danach nicht unvermittelt, sondern zunächst als Prozeß. Dies macht beispielsweise im Gleichnis von der selbstwachsenden Saat[89] die Schilderung der Saatentwicklung deutlich, deren einzelne Stadien ausdrücklich benannt werden. Dabei setzt sich die Gottesherrschaft nicht unabhängig von menschlichem Verhalten durch; denn Gottes Wille muß auch von Menschen in die Tat umgesetzt werden[90].

Lassen wir uns nun in unserem Denken, Empfinden und Streben von Jesu Willen bestimmen, dann ist Jesus uns viel mehr als nur ein Vorbild. Er ist es, der uns durchdringt mit Gottesliebe und mit seinem Willen für eine neue, gute Welt. Anders aber als er, der das Reich Gottes noch von einem letztlich dann endgültigen Eingreifen Gottes in die Geschichte her erwartete, wissen wir heute: Es ist einem jeden Menschen unter uns selbst in die Hände gelegt, jedem an seinem Ort und

88 Zu beachten ist nicht nur die universale Ausrichtung des Vaterunsers, sondern auch die Thematisierung der eschatologischen Völkerwallfahrt in Lk 13,28 f. par. Mt 8,10.

89 Mk 4,26-29; s. dazu W. ZAGER, Gottesherrschaft (s. Anm. 53), S. 138-147.

90 Vgl. neben Mk 4,26-29: Mk 4,3-8 parr.; Lk 12,31 par. Mt 6,33; Lk 16,16 par. Mt 11,12; Mt 21,28-32.

mit seinen Möglichkeiten, etwas davon zu verwirklichen, was Jesus mit »Reich Gottes« meinte.

II

Die theologische Problematik des Sühnetodes Jesu
Exegetische und dogmatische Perspektiven*

Die Vorstellung, daß vor rund 2000 Jahren ein Mensch zur Sühne für unsere Schuld am Kreuz gestorben sein soll, erscheint heute immer mehr Menschen fragwürdig. Kann ein Mensch für einen anderen – ja, für unzählige andere – die Schuld tragen und büßen? Muß ich nicht für mein eigenes Verhalten selbst geradestehen und die Verantwortung übernehmen?

Angesichts dieser Situation sind Theologie und Kirche herausgefordert, neu über den Kreuzestod Jesu nachzudenken, ohne sich dabei hinter dogmatischen Formeln zu verstecken. Schließlich geht es um die wahrhaftige Beantwortung einer der zentralen Fragen christlichen Glaubens und christlicher Verkündigung: Was bedeutet Jesu Tod für uns?

Eines ist sicher: Im Neuen Testament ist die Sühnetodvorstellung die vorrangige Deutungsmöglichkeit für den Kreuzestod Jesu, wenn auch nicht die einzige. Es stellt sich aber dabei die Frage: Können wir wirklich diese Deutung seines Todes bereits auf Jesus selbst zurückführen?

* Erweiterte Fassung eines Vortrags, der am 16. März 1996 im Rahmen der »Internationalen Seminartage« in Günsbach/Elsaß gehalten wurde. Diese standen unter dem Thema: »›... für uns gestorben‹? Der Sühnetod Jesu in der gegenwärtigen theologischen Diskussion und im Gedankengut Albert Schweitzers« (wiederholt bei der von der Evangelischen Akademie der Pfalz und der Protestantischen Stiftskirchengemeinde Neustadt veranstalteten »Kleinen Winterakademie« im Casimirianum, Neustadt/Weinstraße am 30. Januar 1998 zum Thema: »Sühne – Opfer – Abendmahl«). Der folgende Text überschneidet sich mit meinem Aufsatz »Wie kam es im Urchristentum zur Deutung des Todes Jesu als Sühnegeschehen? Eine Auseinandersetzung mit Peter Stuhlmachers Entwurf einer ›Biblischen Theologie des Neuen Testaments‹« (veröff. in: ZNW 87 [1996], S. 165-186).

Hat er seinen Tod wirklich als einen Opfertod für die Erlösung der ganzen Menschheit von ihrer Schuld verstanden? Wenn nicht, welche Auswirkungen hat das auf unser Verständnis des Todes Jesu am Kreuz?

Eine gründliche Untersuchung der Textstellen aus dem Neuen Testament, die vom Sühnetod Jesu sprechen oder Jesus selbst sprechen lassen, ist also notwendig. Darum möchte ich mich nun bemühen.

1. Hat der historische Jesus selbst seinen Tod als Sühnegeschehen gedeutet?

Die besondere theologische Bedeutung, die konservative Theologen wie der Tübinger Neutestamentler PETER STUHLMACHER dem Thema des Sühnetodes Jesu beimessen, zeigt sich nicht zuletzt darin, daß sich an diesem Punkt für sie die Tragfähigkeit bzw. »die Haltlosigkeit des traditionellen kirchlichen Christentums« entscheidet[1]. Nicht umsonst bemüht man sich um den Nachweis, daß der historische Jesus seinen Tod als Sühnegeschehen gedeutet habe[2]. Ob dieser Nachweis gelungen ist, gilt es hinsichtlich des »Lösegeldwortes« (Mk 10,45 parr.) und des Kelchwortes der Abendmahlsüberlieferung (Mk 14,24 parr.) zu prüfen.

1.1. Mk 10,45 parr. – das »Lösegeldwort«

»Denn auch der Menschensohn ist nicht gekommen, bedient zu werden, sondern zu dienen und sein Leben als Lösegeld für viele zu geben.« Mit

1 P. STUHLMACHER, Brief an einen Studienfreund, in: ders. / H. Claß, Das Evangelium von der Versöhnung in Christus, Stuttgart 1979, S. (5-11) 10; s. auch DERS., Zur Predigt an Karfreitag, in: Anfänge der Christologie (FS F. Hahn), hg. v. C. Breytenbach u. H. Paulsen, Göttingen 1991, S. 447-472 (Neubearb. des Aufsatzes in: Th. Sorg / ders., Das Wort vom Kreuz. Zur Predigt am Karfreitag, Stuttgart 1996, S. 11-49.113-118).

2 Vgl. O. BETZ, Jesus und Jesaja 53, in: Geschichte – Tradition – Reflexion (FS M. Hengel), hg. v. H. Cancik, H. Lichtenberger u. P. Schäfer, Bd. III: Frühes Christentum, Tübingen 1996, S. 3-19; P. STUHLMACHER, Jes 53 in den Evangelien und in der Apostelgeschichte, in: B. Janowski / P. Stuhlmacher (Hg.), Der leidende Gottesknecht. Jesaja 53 und seine Wirkungsgeschichte (FAT 14), Tübingen 1996, S. 93-105.

diesem Logion gibt Jesus im Markusevangelium eine christologische Begründung für seine Belehrung über die rechte Rangordnung innerhalb der Jüngerschaft: »Ihr wißt, daß diejenigen, die als Herrscher der Völker gelten, sie unterjochen und ihre Großen ihre Macht über sie mißbrauchen. Nicht so ist es aber bei euch, sondern wer bei euch groß sein will, sei euer Diener, und wer bei euch Erster sein will, sei aller Diener.« (Mk 10,42b-44)

Wie zumeist angenommen wird, ist die Aufforderung zum sich unterordnenden Dienen in Mk 10,42b-44 zunächst einmal ohne eine folgende christologische Begründung überliefert worden[3]. Das legen jedenfalls die traditionsgeschichtlichen Varianten nahe: Mk 9,35b (»Wenn jemand der Erste sein will, dann sei er von allen der Letzte und aller Diener.«); Mt 23,11 (»Der Größte aber bei euch sei euer Diener.«) und Lk 9,48d (»Denn wer der Kleinste unter euch allen ist, der ist groß.«)[4]. Jedoch handelt es sich bei Mk 10,45 nicht um einen ursprünglich einheitlichen Spruch, den ein vormarkinischer Redaktor als Ganzes mittels Stichwortanschluß (διάκονος [»Diener«] – διακονεῖν [»dienen«]) angefügt habe[5]. Das läßt sich so begründen:

1. Zu Mk 10,41-45 findet sich in einem anderen Zusammenhang in Lk 22,24-27 eine parallele Überlieferung. Hier heißt es: »Es entstand aber unter ihnen [sc. den Aposteln] auch ein Streit darüber, wer von ihnen als der Größte zu gelten habe. Er aber sprach zu ihnen: Die Könige der Völker herrschen über sie, und ihre Machthaber lassen sich Wohltäter nennen. Bei euch aber soll es nicht so sein, sondern der Größte unter euch soll wie der Jüngste werden, und der Führende wie der Dienende. Denn wer ist größer: der, der zu Tische liegt, oder der, der dient? Ist es nicht der, der zu Tische liegt? Ich aber bin mitten unter euch wie der Dienende.« Dieser Text ist nicht einfach nur eine lukanische Bearbeitung von Mk 10,41-45. Darauf deutet der sprachliche und stilistische Befund[6]. Vielmehr wurden hier von beiden Evangelisten verschiedene, voneinander unabhängige Ausprägungen ein und derselben Grundtradi-

3 Vgl. B. KOLLMANN, Ursprung und Gestalten der frühchristlichen Mahlfeier (GTA 43), Göttingen 1990, S. 177.

4 Vgl. ebd.

5 So V. HAMPEL, Menschensohn und historischer Jesus. Ein Rätselwort als Schlüssel zum messianischen Selbstverständnis Jesu, Neukirchen-Vluyn 1990, S. 304-310.

6 So hingegen a.a.O., S. 310-313.

tion benutzt[7]. Daher kann vermutet werden: Lk 22,27c hat mit dem Fehlen der Sühneaussage das Ursprüngliche bewahrt[8]. Καὶ δοῦναι τὴν ψυχὴν αὐτοῦ λύτρον ἀντὶ πολλῶν [»und sein Leben als Lösegeld für viele zu geben«] in Mk 10,45b ist eine spätere Erweiterung[9]. Dagegen gehört die Rede vom Dienen Jesu zur Markus und Lukas gemeinsamen Grundtradition.

2. Diese Vermutung wird bestätigt durch die zweifache Interpretation der Fußwaschungsszene im Johannesevangelium: Das Verständnis des Dienens Jesu als vorbildhaftes und zugleich verpflichtendes ethisches Verhalten in Joh 13,12-17 wurde sekundär überlagert durch eine soteriologische Deutung in Joh 13,6-11[10]. Es handelt sich hier also um einen analogen Vorgang, wie er im Verhältnis von Mk 10,42-45a zu Mk 10,45b anzunehmen ist.

3. Innerhalb der synoptischen Tradition werden die drei Gruppen von Menschensohnworten – nämlich vom kommenden, vom gegenwärtig handelnden und vom leidenden Menschensohn – klar voneinander unterschieden[11]. Daran ist zu erkennen, daß eine Kombination vom Lebensdienst des Menschensohns einerseits und von seiner Lebenshingabe als Lösegeld andererseits sekundär sein muß. Und so ist auch Lk 17,25, wo eine Verbindung zwischen Leiden und Ankunft des Menschensohns zum Endgericht hergestellt wird, – neben unserem Logion die einzige Ausnahme von der Regel – eine redaktionelle Bildung.

7 Zur Begründung vgl. J. B. GREEN, The Death of Jesus. Tradition and Interpretation in the Passion Narrative (WUNT II/33), Tübingen 1988, S. 44-46.

8 Könnte auch das Fehlen der Sühneaussage in Lk 22,27c mit der lukanischen Distanz zum Sühnemotiv erklärt werden, so sprechen doch die folgenden Argumente dafür, daß Lukas die Sühneaussage in der von ihm aufgenommenen Traditionseinheit nicht vorfand.

9 Vgl. B. KOLLMANN, Ursprung (s. Anm. 3), S. 176.

10 Vgl. R. BULTMANN, Das Evangelium des Johannes (KEK II), Göttingen [10]1968, S. 351 f.363-365; B. KOLLMANN, Ursprung (s. Anm. 3), S. 177.

11 Vgl. H. E. TÖDT, Der Menschensohn in der synoptischen Überlieferung, Gütersloh [5]1984; E. LOHSE, Grundriß der neutestamentlichen Theologie (ThW 5), Stuttgart / Berlin / Köln [4]1989, S. 46 f.

4. Während zwischen Mk 10,45b und I Tim 2,5 f.[12] ein eindeutiger traditionsgeschichtlicher Zusammenhang besteht, trifft dies für Mk 10,45a gerade nicht zu: Weder ist in I Tim 2,5 f. vom διακονεῖν [»Dienen«] die Rede, noch wird der Menschensohn-Titel aufgegriffen.

5. Die Ähnlichkeit in der Struktur mit den οὐκ ἦλθον [»ich bin nicht gekommen«]-Worten Mk 2,17; Mt 5,17b und Mt 10,34b[13] spricht dafür, daß in Mk 10,45 auf ἀλλά [»sondern«] ursprünglich nur das eine Wort διακονῆσαι [»dienen«] folgte. Außerdem legt sie nahe, daß die Urfassung von Mk 10,45a das »Ich« Jesu als Subjekt besaß und nicht den »Menschensohn«. Damit ergibt sich als Urfassung von Mk 10,45a: οὐκ ἦλθον διακονηθῆναι ἀλλὰ διακονῆσαι [»Ich bin nicht gekommen, bedient zu werden, sondern zu dienen.«].

Nun gilt es zu klären, ob die von dem so rekonstruierten οὐκ ἦλθον [»ich bin nicht gekommen«]-Spruch unabhängige Sühneaussage in Mk 10,45b auf den historischen Jesus zurückgeführt werden kann. Dies ist aus folgenden Gründen zu verneinen:

Zum ersten: Anders als im palästinisch-jüdischen Kultur- und Religionsbereich, dem die geschichtliche Person Jesu zuzurechnen ist, findet sich zur Deutung des Todes Jesu als Sühnegeschehen – wie KLAUS WENGST[14] und SAM K. WILLIAMS[15] gezeigt haben – eine unmittelbare

12 I Tim 2,6a: ὁ δοὺς ἑαυτὸν ἀντίλυτρον ὑπὲρ πάντων [»der sich selbst hingegeben hat als Lösegeld für alle«].

13 οὐκ ἦλθον καλέσαι δικαίους ἀλλὰ ἁμαρτωλούς (Mk 2,17).
[»Ich bin nicht gekommen, Gerechte zu berufen, sondern Sünder.«]
οὐκ ἦλθον καταλῦσαι ἀλλὰ πληρῶσαι (Mk 5,17b).
[»Ich bin nicht gekommen, aufzulösen, sondern zu erfüllen.«]
οὐκ ἦλθον βαλεῖν εἰρήνην ἀλλὰ μάχαιραν (Mk 10,34b).
[»Ich bin nicht gekommen, Frieden zu bringen, sondern das Schwert.«]

14 K. WENGST, Christologische Formeln und Lieder des Urchristentums (StNT 7), Gütersloh ²1973, S. 62-70.

15 S. K. WILLIAMS, Jesus' Death as Saving Event. The Background Origin of a Concept, in: HDR 2 (1975), S. 230-254. – Vgl. ferner P. FIEDLER, Probleme der Abendmahlsforschung, in: ALW 24 (1982), S. (190-223) 202-204; M. DE JONGE, Jesus' death for others and the death of the Maccabean martyrs, in: Text and Testimony. Essays on New Testament and Apocryphal Literature in Honour of A. F. J. Klijn, hg. v. T. Baarda, A. Hilhorst, G. P. Luttikhuizen u. A. S. van der Woude, Kampen 1988, S. 142-151; bes. S. 147 ff.; D. SEELEY, The Noble Death. Graeco-Roman

Parallele allein in der hellenistisch-jüdischen[16] Tradition vom stellvertretenden Sühnetod: Die jüdischen Märtyrer geben ihr Leben hin als ἀντίψυχον [»Lösegeld«] für die Sünde ihres eigenen Volkes (IV Makk 6,29; 17,21). Dabei ist ἀντίψυχον gleichbedeutend mit λύτρον aus Mk 10,45b und ἀντίλυτρον aus I Tim 2,6a[17].

Zum zweiten: In I Tim 2,6a ist die ursprüngliche Form der Lösegeldaussage als Glaubensaussage bewahrt worden[18], obwohl die sprachliche Gestalt von Mk 10,45b einen ursprünglicheren Eindruck macht. Denn ganz ähnlich ist ja auch die kerygmatische Aussage von der Dahingabe des Sohnes durch Gott, wie sie etwa in Röm 8,32 begegnet, erst später in Joh 3,16 zu einem Jesuswort umgestaltet worden. Also zum Vergleich auf der einen Seite Röm 8,32, wo Paulus die gewisse Hoffnung der Christen zur Sprache bringt: »Er [sc. Gott], der seinen eigenen Sohn nicht verschont hat, sondern ihn für uns alle dahingegeben hat – wie sollte er uns mit ihm nicht auch alles schenken?« und auf der anderen Seite Joh 3,16, wo der johanneische Jesus spricht: »Denn so hat Gott

Martyrology and Paul's Concept of Salvation (JSNT.S 28), Sheffield 1990; J. N. BREMMER, The Atonement in the Interaction of Jews, Greeks, and Christians, in: Sacred History and Sacred Texts in Early Judaism. Symposium in Honour of A. S. van der Woude, hg. v. J. N. Bremmer u. F. G. Martinez, Kampen 1992, S. 75-93; zur Forschungsgeschichte vgl. R. BIERINGER, Traditionsgeschichtlicher Ursprung und theologische Bedeutung der ὑπέρ-Aussagen im Neuen Testament, in: The Four Gospels 1992 (FS F. Neirynck), hg. v. F. VanSegbroeck, Ch. M. Tuckett, G. VanBelle u. J. Verheyen (BEThL 100), Bd. 1, Louvain 1992, S. 219-248.

Selbst VOLKER HAMPEL räumt ein, daß die Wendung δοῦναι τὴν ψυχὴν αὐτοῦ [»sein Leben geben«] »in der Tradition von der Lebenshingabe des Märtyrers sprachlich wie sachlich die nächsten Parallelen hat« (s. V. HAMPEL, Menschensohn [s. Anm. 5], S. 322 mit Anm. 404, unter Verweis auf II Makk 7,37; IV Makk 6,28 f.; 17,21 f.).

16 An der Unterscheidung zwischen palästinischem und hellenistischem Judentum ist trotz fließender Übergänge und nicht zu unterschätzender hellenistischer Einflüsse in Palästina mit F. HAHN festzuhalten (vgl. F. HAHN, Christologische Hoheitstitel. Ihre Geschichte im frühen Christentum [UTB 1873], Göttingen ^{5}1995, S. 446).

17 Vgl. W. BAUER, Griechisch-deutsches Wörterbuch zu den Schriften des Neuen Testaments und der frühchristlichen Literatur, hg. v. K. Aland u. B. Aland, Berlin / New York ^{6}1988, Sp. 149.151.979 (s.v. ἀντίλυτρον, ἀντίψυχον und λύτρον).

18 Vgl. B. KOLLMANN, Ursprung (s. Anm. 3), S. 179.

die Welt geliebt, daß er seinen einzigen Sohn gab, damit jeder, der an ihn glaubt, nicht verlorengehe, sondern ewiges Leben habe.«

Zum dritten: Mk 10,45b repräsentiert ein jüngeres Überlieferungsstadium der frühchristlichen Dahingabeaussagen, was daran zu erkennen ist, daß nicht Gott als handelndes Subjekt der Dahingabe genannt, sondern Jesus als solches vorausgesetzt wird[19].

1.2. Mk 14,24 parr. – das Kelchwort beim Abendmahl

Wie allgemein anerkannt, lassen sich die vier in den synoptischen Evangelien und bei Paulus vorliegenden Abendmahlsberichte auf zwei Texttypen zurückführen. Der eine – repräsentiert durch Mk 14,22-25 und Mt 26,26-29 – bietet beim Kelchwort eine Deutung des Weines als Jesu vergossenes Bundesblut. Der andere – repräsentiert durch I Kor 11,23-26 und Lk 22,15-20 – enthält dagegen die Deutung des Kelches als Neuen Bund in Jesu Blut. Während das Brotwort bei Markus und Matthäus lediglich lautet: »Das ist mein Leib«, wird von Paulus als Brotwort überliefert: »Das ist mein Leib für euch; das tut zu meinem Gedächtnis!« bzw. von Lukas: »Das ist mein Leib, der für euch hingegeben wird; das tut zu meinem Gedächtnis!« Da aber nur das Kelchwort in allen vier Texten ausdrücklich eine Sühneaussage enthält, wollen wir uns im folgenden auf dieses konzentrieren.

Nachdem wir die Lösegeldaussage in Mk 10,45 als nachösterliche Bildung erkannt haben, bleibt allein das Kelchwort als Möglichkeit übrig, die Sühnetodvorstellung bei Jesus selbst festzumachen. Doch auch diese Möglichkeit scheidet aus folgenden Gründen aus:

1. Auch wenn sich die Urfassung des Kelchwortes kaum noch methodisch gesichert rekonstruieren läßt[20], so dürfte doch Paulus gegenüber dem Markusevangelium die ursprünglichere Fassung tradiert haben. Anfangs lag nach I Kor 11,25 zwischen den beiden Deuteworten die Sättigungsmahlzeit, welche dann in einem späteren Stadium in Mk

19 Vgl. dazu W. POPKES, Christus traditus. Eine Untersuchung zum Begriff der Dahingabe im Neuen Testament (AThANT 49), Zürich 1967, S. 251-253.

20 Vgl. F. HAHN, Zum Stand der Erforschung des urchristlichen Herrenmahls, in: EvTh 35 (1975), S. (553-563) 558.

14,23 wegfiel. Durch das Aneinanderrücken von Brotwort und Kelchwort fand offenbar eine sprachliche und inhaltliche Angleichung statt[21].

2. Das Nebeneinander von dem als Deutewort gestalteten Kelchwort Mk 14,24 und dem Verheißungswort Mk 14,25, das ja ein weiteres Kelchwort ist, weil Jesus hier ansagt, daß er seinen nächsten Wein im Reich Gottes trinken werde, kann kaum ursprünglich sein. Während das Deutewort über das Brot in Mk 14,22 bei der Austeilung gesprochen wird, klappt das Deutewort über den Wein in Mk 14,24 nach; denn es folgt erst auf das Trinken aller Mahlteilnehmer aus dem Kelch. Dagegen schließt sich das Logion Mk 14,25 nahtlos an Mk 14,23 an. Das legt den Schluß nahe, daß das ursprünglich einzige Kelchwort Mk 14,25 war[22]. Das Deutewort über den Kelch läßt sich am besten als Analogiebildung zum Brotwort begreifen. Die vorgetragene Hypothese wird noch dadurch bestätigt, daß man Mk 14,25 begründet auf den historischen Jesus zurückführen kann[23]. Dieses Wort steht nämlich im Ein-

21 Vgl. G. BARTH, Der Tod Jesu Christi im Verständnis des Neuen Testaments, Neukirchen-Vluyn 1992, S. 47.

22 Diese Möglichkeit zog bereits WILHELM HEITMÜLLER in Betracht: »Vielleicht war bei dem ersten Abendmahl mit dem Herumreichen des Kelches das Wort von der Trennung und Wiedervereinigung verknüpft; im Lauf der Entwicklung der Gemeindefeier trat dann eine Parallele zum Brotwort an seine Stelle, und jenes verlor seinen ursprünglichen Platz (s. Mrk.-Mtth.).« (W. HEITMÜLLER, Taufe und Abendmahl im Urchristentum [RV I, 22/23], Tübingen 1911, S. 53) Auch darin ist Heitmüller zuzustimmen, wenn er die Deutung des Todes Jesu als Bundesopfer innerhalb des parallel zum Brotwort formulierten Kelchwort als »ein Erzeugnis der Gemeindetheologie« beurteilt hat (s. ebd.).
Damit verbietet sich auch das Verständnis des letzten Mahles Jesu als einer »kultstiftenden Symbolhandlung« (gegen G. THEISSEN / A. MERZ, Der historische Jesus. Ein Lehrbuch, Göttingen 1996, S. 382 f.). Zu Recht hat DETLEV DORMEYER eingewandt: »Die Antike hat normalerweise erst nach dem Tod bedeutender Gestalten Kulte gestiftet. Kaiser wie Caligula und Nero scheiterten bekanntlich daran, schon zu Lebzeiten einen eigenen Kult begründen zu wollen. Soll ausgerechnet der Jude Jesus so vermessen gewesen sein, einen eigenen Kult einzurichten?« (D. DORMEYER, Rez. zu G. Theißen / A. Merz, Der historische Jesus [1996], in: BZ.NF 41 [1997], S. [267-269] 269)

23 Vgl. E. GRÄSSER, Die Naherwartung Jesu (SBS 61), Stuttgart 1973, S. 113-118 (Gräßer hält allerdings auch Mk 14,24 – ohne die Wendung »des Bundes« – für authentisch); F. HAHN, Stand (s. Anm. 20), S. 559; A.

klang mit seiner Proklamation der angebrochenen und sich in einem endzeitlichen Prozeß durchsetzenden Gottesherrschaft, deren Vollendung als Reich Gottes sich in naher Zukunft ereignen wird. »Jesus verstand seinen erwarteten Tod also nicht als Infragestellung seiner Botschaft und Hoffnung.«[24]

3. Hätte der historische Jesus seinem Tod eine universale Heilsbedeutung zugemessen und beim letzten Mahl davon klar gesprochen, wäre es nie zu den tiefgreifenden Auseinandersetzungen im frühen Christentum um die Heidenmission gekommen, weil deren Rechtmäßigkeit damit offenkundig gewesen wäre. Möglicherweise haben wir gar in ὑπὲρ πολλῶν [»für viele«] eine redaktionelle Angleichung eines ursprünglicheren ὑπὲρ ὑμῶν [»für euch«][25] an Mk 10,45 zu erblicken.

4. Ein pauschaler Verweis auf die angebliche geschichtliche Glaubwürdigkeit der Evangelientradition[26] erweist sich als so nicht haltbar, wenn man bedenkt, daß Jesu Worte im Laufe der mündlichen und schriftlichen Überlieferung nicht nur bearbeitet, ergänzt und zusammengefaßt worden sind, sondern auch neue Jesuslogien – gerade auch solche im Ich-Stil – erst nachösterlich entstanden[27].

VÖGTLE, Todesankündigungen und Todesverständnis Jesu, in: K. Kertelge (Hg.), Der Tod Jesu. Deutungen im Neuen Testament (QD 74), Freiburg i.Br. / Basel / Wien [2]1982 ([1]1976), S. (51-113) 88 f.; H.-J. KLAUCK, Herrenmahl und hellenistischer Kult. Eine religionsgeschichtliche Untersuchung zum ersten Korintherbrief (NTA.NF 15), Münster 1982, S. 320-323; J. BECKER, Die neutestamentliche Rede vom Sühnetod Jesu, in: ZThK.B 8 (1990), S. (29-49) 35; DERS., Jesus von Nazaret, Berlin / New York 1996, S. 418 f.421.

24 J. BECKER, Jesus von Nazaret, S. 419.

25 Bei Paulus steht jedoch diese Wendung innerhalb des Brotwortes I Kor 11,24b. – Zur überlieferungsgeschichtlichen Priorität von ὑπὲρ ὑμῶν [»für euch«] gegenüber ὑπὲρ πολλῶν [»für viele«] vgl. auch O. HOFIUS, Τὸ σῶμα τὸ ὑπὲρ ὑμῶν 1Kor 11,24, in: ZNW 80 (1989), S. (80-88) 87 f.

26 Vgl. etwa P. STUHLMACHER, Biblische Theologie des Neuen Testaments, Bd. 1: Grundlegung. Von Jesus zu Paulus, Göttingen 1992, S. 42-46.130.

27 Vgl. J. SAUER, Rückkehr und Vollendung des Heils. Eine Untersuchung zu den ethischen Radikalismen Jesu (Theorie und Forschung, Bd. 133 / Philosophie und Theologie, Bd. 9), Regensburg 1991, S. 80-84; B. KOLLMANN, Ursprung (s. Anm. 3), S. 258-262.

5. Wenn Paulus sagt, er habe die Abendmahlsüberlieferung vom Kyrios empfangen, dann ist damit, was die Echtheit der Deuteworte anbelangt, noch nichts gewonnen. Weder kannte er den irdischen Jesus persönlich, noch zeigen seine Briefe sonst ein besonderes Interesse an der Jesusüberlieferung. Die Abendmahlstradition lernte er als kirchliche Tradition in Antiochien oder Damaskus kennen[28].

6. Zwischen der authentischen Jesusüberlieferung und dem Kelchwort besteht eine entscheidende Differenz: Innerhalb der authentischen Jesusüberlieferung wird nie Gottes Vergeben an Jesu Lebenshingabe als Voraussetzung gebunden[29]. So hat es auch ALBERT SCHWEITZER in seinem abschließenden exegetischen Werk »Reich Gottes und Christentum« gesehen, wenn er schreibt: »Auch wenn es ihm die Stellen vom leidenden Gottesknecht [sc. aus Jes 53] nahelegen, kann Jesus seinen Tod doch nicht als ein für Sündenvergebung erfordertes Opfer ansehen. Seine Vorstellung von dem ohne weiteres aus Gottes Barmherzigkeit kommenden Verzeihen läßt es nicht zu.«[30] Dabei beruft sich Schweitzer ausdrücklich auf das Vaterunser, indem er dazu ausführt: »Die Sündenvergebung, um die Jesus die Gläubigen im Vaterunser bitten heißt, geht einzig von Gott aus. Sie hat keine andere Voraussetzung als seine Barmherzigkeit und daß die Menschen ihrerseits denen vergeben haben, die ihres Vergebens bedurften.«[31] Dagegen hatte Schweitzer in seiner »Geschichte der Leben-Jesu-Forschung« noch die Auffassung vertreten, daß Jesus seinen ihm bevorstehenden Tod als stellvertretenden Sühnetod verstanden habe[32].

28 Vgl. L. SCHENKE, Die Urgemeinde. Geschichtliche und theologische Entwicklung, Stuttgart / Berlin / Köln 1990, S. 114.

29 Vgl. A. VÖGTLE, Todesankündigungen (s. Anm. 23), S. 96 f.; J. BECKER, Rede (s. Anm. 23), S. 35; DERS., Jesus von Nazaret (s. Anm. 23), S. 420; J.-D. REUSS, Jesus und der Sühnegedanke. Überlegungen zur heutigen Problematik der Kreuzestheologie (FFCh 23), Stuttgart ^{4}1993 (^{1}1991), S. 9-12.

30 A. SCHWEITZER, Reich Gottes und Christentum, hg. v. U. Luz, U. Neuenschwander u. J. Zürcher (Werke aus dem Nachlaß, Bd. 1), München 1995, S. 147.

31 A.a.O., S. 145.

32 Vgl. A. SCHWEITZER, Geschichte der Leben-Jesu-Forschung (UTB 1302), Tübingen ^{9}1984, S. 442-444.

Der historische Jesus eröffnete in seinen Mahlgemeinschaften[33] und in seiner Verkündigung den *direkten* Zugang zu Gottes Verzeihen und Barmherzigkeit, dem der Mensch in seinem Verhalten zum Mitmenschen entsprechen soll[34]. Von diesem Grundgedanken seiner Reich-Gottes-Botschaft war Jesus offenbar auch in seinem Abschiedsmahl kurz vor seinem Tod durchdrungen, wenn er in Mk 14,25 die Hoffnung auf die sich in Bälde durchsetzende Gottesherrschaft durchhielt und von sich lediglich als Teilnehmer am endzeitlichen Heilsmahl sprach. Der historische Jesus hat also seinen Tod nicht als Sühnegeschehen begriffen.

2. Wie kam es zur nachösterlichen Deutung des Todes Jesu als Sühnegeschehen?

Wenn es in I Kor 15,3b heißt, »daß Christus für unsere Sünden nach den Schriften gestorben ist«, dann könnte man versucht sein, von der Wendung κατὰ τὰς γραφάς [»nach den Schriften«] auf die Herkunft der Vorstellung vom Sühnetod Jesu aus dem Alten Testament zu schließen. Welch große Bedeutung den alttestamentlichen Schriften für die Deutung von Jesu Leiden und Sterben im frühen Christentum zukommt, kann den zahlreichen alttestamentlichen Zitaten und Anspielungen innerhalb der neutestamentlichen Passionsberichte und den lukanischen Ostergeschichten entnommen werden, in denen der Auferstandene mit Hilfe der Schrift den Jüngern den Sinn seines Todes eröffnet[35]. Im Alten Testament gibt es allerdings nur einen Text, der vom stellvertretenden Sühnetod handelt: das Gottesknechtslied Jes 53. Die entscheidenden Passagen daraus lauten:

33 Vgl. Mk 2,15-17 parr.; Lk 15,2; 19,5-7; s. auch Mt 11,19 a.b par. Lk 7,34. Obwohl die genannten Texte keine Erinnerungen an konkrete Begebenheiten enthalten, spiegeln sie dennoch das Typische an Jesu Verhalten wider (vgl. H. BRAUN, Jesus – der Mann aus Nazareth und seine Zeit. Um 12 Kapitel erweiterte Studienausgabe, Stuttgart 1984, S. 114 f.; s. auch J. BECKER, Jesus von Nazaret [s. Anm. 23], S. 194-211).

34 Vgl. Mt 6,13 par. Lk 11,4; Mt 18,23b-34; Lk 15,4-32; 18,10-14a.

35 Vgl. Lk 24,25-27.44-47.

»Doch wahrlich, unsere Krankheiten hat er [sc. der Gottesknecht] getragen und unsere Schmerzen auf sich geladen. Wir aber wähnten, er sei gestraft, von Gott geschlagen und geplagt. Und er war doch durchbohrt um unserer Sünden, zerschlagen um unserer Verschuldungen willen. Die Strafe lag auf ihm zu unserem Heil, und durch seine Wunden sind wir genesen. Wir alle irrten umher wie Schafe, wir gingen jeder seinen eigenen Weg. Ihn aber ließ der Herr treffen unser aller Schuld. ... Darum soll er erben unter den Großen, und mit Starken soll er Beute teilen, dafür daß er sein Leben in den Tod dahingab und unter die Übeltäter gezählt ward, da er doch die Sünde der Vielen trug und für die Unschuldigen eintrat.«[36]

2.1. Der Sühnetod Jesu – eine aus Jes 53 entwickelte Deutung?

Man könnte auf den Gedanken kommen, daß die Jünger nach den erlebten Ostervisionen daran gingen, die alttestamentlichen Schriften zu durchforschen, um hier eine Weissagung über den Tod des Messias zu entdecken, mit deren Hilfe es möglich wäre, den Anstoß des Kreuzes zu überwinden. Schließlich seien sie dann beim 53. Kapitel des Jesajabuches fündig geworden, das sie als messianische Prophetie begriffen hätten: Der Gottesknecht, der durch sein unschuldiges Leiden und Sterben die Schuld der »Vielen« auf sich nimmt und damit sühnt, ist kein anderer als ihr am Kreuz gestorbener Jesus. So hat sich den Hergang HEINRICH JULIUS HOLTZMANN vorgestellt[37]. Er verweist dabei auf das *Kerygma des Petrus*[38], in dem dieser von den Aposteln sagt: »Wir aber schlugen die Bücher der Propheten auf, die wir hatten, die teils in Gleichnissen, teils in Rätseln, teils zuverlässig und mit klaren Worten den Christus Jesus nennen, und fanden auch sein Kommen, seinen Tod, sein Kreuz und alle übrigen Strafen, welche ihm die Juden angetan haben, seine Auferweckung und seine Aufnahme in den Himmel vor der Gründung Jerusalems, wie dieses alles aufgeschrieben war, was er leiden mußte und was nach ihm sein werde.«[39] Schließlich unterstreicht Petrus die Bedeutung der Schrift für die Entfaltung der Christologie

[36] Jes 53,4-6.12 (Übers. nach der Zürcher Bibel).

[37] H. J. HOLTZMANN, Lehrbuch der neutestamentlichen Theologie, Bd. 1, hg. v. A. Jülicher u. W. Bauer, Tübingen ^{2}1911, S. 438-441.

[38] A.a.O., S. 439.

[39] Clem. Alex., Strom. VI 15,128; Übers. nach: W. SCHNEEMELCHER, in: ders. (Hg.), Neutestamentliche Apokryphen in deutscher Übersetzung, Bd. 2, Tübingen ^{5}1989, S. 40 f.

noch durch die Versicherung: οὐδὲν ἄτερ γραφῆς λέγομεν [»Nichts sagen wir ohne die Schrift.«][40]. Ähnlich wie Holtzmann urteilte auch sein Schüler ALBERT SCHWEITZER[41].

Doch solche Genese der Vorstellung vom Sühnetod Jesu verbietet sich aus folgenden Gründen:

1. Von den sieben Zitaten aus Jes 53, die im Neuen Testament vorkommen[42], greift nur das eine in I Petr 2,24 – »... durch seine Wunden seid ihr geheilt worden« – den Gedanken vom stellvertretenden Leiden des Gottesknechts auf, um damit Jesu Tod als Sühnegeschehen zu interpretieren[43]. Dabei handelt es sich um einen relativ späten Beleg.

2. Was nun die »Sterbensformel«: »Christus ist für uns gestorben«[44] als die wohl älteste urchristliche Aussage vom Sühnetod Jesu betrifft, so nimmt diese gerade keinen Bezug auf Jes 53. Und auch die »Dahingabe«-aussagen, die davon sprechen, daß Gott seinen Sohn oder Christus sich selbst dahingegeben habe[45], zitieren aus dem vierten Gottesknechtslied nicht, sondern enthalten allenfalls wie Röm 4,25 eine Anspielung auf Jes 53,12 (LXX), wobei die hier vorliegende Verbindung von Sterbens- und Auferweckungsaussage samt der soteriologischen Deutung von Jesu Auferweckung auf eine entwickeltere Traditionsstufe hinweist[46]. Und daß die Wendung κατὰ τὰς γραφάς [»nach

40 Ebd.

41 A. SCHWEITZER, Reich Gottes (s. Anm. 30), S. 154 f.

42 Mt 8,17; Lk 22,37; Joh 12,38; Act 8,32 f.; Röm 10,16; 15,21; I Petr 2,22-25.

43 Vgl. D.-A. KOCH, Die Schrift als Zeuge des Evangeliums. Untersuchungen zur Verwendung und zum Verständnis der Schrift bei Paulus (BHTh 69), Tübingen 1986, S. 233 f.; G. BARTH, Tod (s. Anm. 21), S. 57 f.

44 Vgl. dazu K. WENGST, Formeln (s. Anm. 14), S. 78-86.92-101; PH. VIELHAUER, Geschichte der urchristlichen Literatur. Einleitung in das Neue Testament, die Apokryphen und die Apostolischen Väter, Berlin / New York [2]1978, S. 16-22; G. BARTH (s. Anm. 21), S. 41-43.

45 Vgl. dazu W. POPKES, Christus traditus (s. Anm. 19), S. 246-257; K. WENGST, Formeln (s. Anm. 14), S. 55-77.101-104; PH. VIELHAUER, Geschichte (s. Anm. 44), S. 16-22; G. BARTH, Tod (s. Anm. 21), S. 43-46.

46 Vgl. G. BARTH, Tod, S. 58.

den Schriften«] in I Kor 15,3b speziell Jes 53 im Blick habe[47], ist lediglich eine, jedoch nicht zwingende Interpretationsmöglichkeit[48].

3. »Die jüdische Exegese interpretierte zwar Jes 53 durchaus messianisch, aber sie nahm dabei nur die Hoheitsaussagen von Jes 53 auf. Umgekehrt fehlt in den zeitgenössischen jüdisch-hellenistischen Texten, die von der sühnenden Kraft des Leidens einzelner (im Martyrium) reden, jeder Bezug zu Jes 53.«[49]

2.2. Der Sühnetod Jesu – ein Interpretament aus dem Kontext hellenistisch-jüdischen Martyriumsverständnisses?

Scheidet demnach Jes 53 als Quelle der christlichen Sühnetodanschauung aus, dann kommt stattdessen vorzugsweise die im hellenistischen Judentum beheimatete Deutung der Martyrien der Makkabäerzeit in

47 So O. HOFIUS, Das vierte Gottesknechtslied in den Briefen des Neuen Testaments, in: B. Janowski / P. Stuhlmacher (Hg.), Der leidende Gottesknecht. Jesaja 53 und seine Wirkungsgeschichte (FAT 14), Tübingen 1996, S. (107-127) 118-121.

48 Wie in Mk 9,12; 14,21 par.; 14,49 par.; Mt 26,54; Lk 24,25-27.32.44-47 wird offenbar auch in I Kor 15,3 f. die Schriftgemäßheit des Christusgeschehens behauptet und damit ein insgesamt christologisch verstandenes Altes Testament vorausgesetzt, ohne einen bestimmten Text – Jes 53 beim ersten bzw. Hos 6,2 beim zweiten κατὰ τὰς γραφάς [»nach den Schriften«] – im Blick zu haben (vgl. zur weiteren Begründung D.-A. KOCH, Schrift [s. Anm. 43], S. 238 f.; G. BARTH, Tod [s. Anm. 21], S. 58 f.).

49 D.-A. KOCH, Schrift (s. Anm. 43), S. 233; zum Verständnis von Jes 53 im palästinischen und hellenistischen Judentum vgl. H. HAAG, Der Gottesknecht bei Deuterojesaja (EdF 233), Darmstadt ^{2}1993, S. 35-47.
Und auch MARTIN HENGEL äußert gegen Ende seiner materialreichen Studie »Zur Wirkungsgeschichte von Jes 53 in vorchristlicher Zeit« (in: B. Janowski / P. Stuhlmacher [Hg.], Der leidende Gottesknecht. Jesaja 53 und seine Wirkungsgeschichte [FAT 14], Tübingen 1996, S. 49-91) lediglich die begründete Vermutung, »daß es [im vorchristlichen Judentum] am Rande [!] *u.a. auch* derartige Erwartungen [einer eschatologischen Heilsgestalt, die mit Jes 53 zusammenhängt,] (neben vielen anderen) gegeben haben könnte« (a.a.O., S. 87). – Zu Jes 53 im Prophetentargum Jonathan vgl. J. ÅDNA, Der Gottesknecht als triumphierender und interzessorischer Messias. Die Rezeption von Jes 53 im Targum Jonathan untersucht mit besonderer Berücksichtigung des Messiasbildes, in: a.a.O., S. 129-158.

Frage, da eine Ableitung vom Opferkult sich im allgemeinen nicht auf die traditionsgeschichtlich frühesten Sühneaussagen im Neuen Testament stützen kann[50]. Zwar wird im vierten Makkabäerbuch in den Aussagen über den Tod der Märtyrer *auch* Kultmetaphorik verwendet[51], aber damit wird der Jerusalemer Tempelkult nicht zum durchgängigen Deutehorizont. Entsprechendes gilt für die frühchristliche Sühnetodanschauung.

Allerdings ist die Datierung der jüdischen Martyriumsberichte im zweiten und vierten Makkabäerbuch in das erste Jahrhundert v. Chr. bzw. in die erste Hälfte des ersten nachchristlichen Jahrhunderts[52] nicht völlig gesichert, und eine zeitlich spätere Ansetzung ist denkbar[53]. Jedoch folgt daraus keineswegs, daß diese Texte als historischer Verstehenshorizont der frühchristlichen Sühneaussagen nicht in Frage kämen.

50 Vom Sühn*opfer* ist die Rede in Joh 1,29.36; 19,31-36; I Kor 5,7; Eph 5,2; Hebr 6,19 f.; 7,26-28; 9,1-28; 12,24; I Petr 1,2.18 f.; I Joh 1,7; Apk 5,6; 13,8, vom Bundesopfer im Kelchwort der Abendmahlstradition (Mk 14,24 par. Mt 26,28; I Kor 11,25 par. Lk 22,20) (vgl. dazu G. BARTH, Tod [s. Anm. 21], S. 46-49).
Zutreffend bemerkt SAMUEL VOLLENWEIDER: »Gerade die Formeln von Jesu Tod ›für uns / für unsere Sünden‹ oder seiner ›Dahingabe‹ setzen nicht zwingend den Hintergrund des Jerusalemer Tempelkults voraus.« (S. VOLLENWEIDER, Diesseits von Golgatha. Zum Verständnis des Kreuzestodes Jesu als Sühnopfer, in: GlLern 11 [1996], S. [124-137] 130)

51 S.u. Anm. 59.

52 Diese Datierung wird etwa von G. BARTH, Tod (s. Anm. 21), S. 59 f. vertreten.

53 Vgl. CH. HABICHT, 2. Makkabäerbuch (JSHRZ I/3), Gütersloh 1976, S. 176 f. und H.-J. KLAUCK, 4. Makkabäerbuch (JSHRZ III/6), Gütersloh 1989, S. 668 f. – Zum Folgenden vgl. W. J. HEARD, JR., Maccabean Martyr Theology. Its Genesis, Antecedents and Significance for the Earliest Soteriological Interpretation of the Death of Jesus, Ph.D. diss., University of Aberdeen, 1987; H. S. VERSNEL, Quid Athenis et Hierosolymis? Bemerkungen über die Herkunft von Aspekten des »effective death«, in: J. W. van Henten (Hg.), Die Entstehung der jüdischen Martyrologie (StPB 38), Leiden 1989, S. 162-196; J. N. BREMMER, Atonement (s. Anm. 15); J. W. VAN HENTEN, The Tradition-Historical Background of Romans 3.25. A Search for Pagan and Jewish Parallels, in: From Jesus to John. Essays on Jesus and New Testament Christology in Honour of M. de Jonge, hg. v. M. C. de Boer (JSNT.S 84), Sheffield 1993, S. 101-128.

Zum einen ist es ja durchaus möglich, daß eine solche Sühneauffassung bereits zuvor in der mündlichen Überlieferung entwickelt wurde und somit auf die Interpretation des Kreuzestodes Jesu einwirken konnte – selbst wenn innerhalb des hellenistischen Judentums das Verständnis des Martyriums als stellvertretender Sühnetod später als die entsprechenden Aussagen im frühen Christentum schriftlich fixiert sein sollte. Ferner legen die Berührungen zwischen frühjüdischen und frühchristlichen Sühnetodvorstellungen einen traditionsgeschichtlichen Zusammenhang nahe. Schließlich lassen sich keine Anhaltspunkte dafür finden, daß umgekehrt die frühchristliche Tradition vom Sühnetod Jesu auf die frühjüdische Martyriumsauffassung einwirkte[54].

Daß die Vorstellung vom Sühnetod Jesu Christi im Licht des Martyriumsgedankens jüdischer bzw. paganer Provenienz zu begreifen ist, hat übrigens bereits ORIGENES in seinem Kommentar zum Johannesevangelium herausgestellt, wenn er schreibt: »Das Blutvergießen der edlen Märtyrer scheinen mir Opfer zu sein, die dem des Lammes verwandt sind (λοιπαὶ δὲ καὶ συγγενεῖς ταύτῃ τῇ θυσίᾳ θυσίαι αἱ ἐκχύσεις εἶναί μοι φαίνονται τοῦ τῶν γενναίων μαρτύρων αἵματος). Nicht umsonst sieht der Jünger Johannes die Märtyrer neben dem himmlischen Opferaltar stehen«[55] (Apk 6,9). Im gleichen Zusammenhang verweist Origenes auch auf eine Stelle aus dem ersten Clemensbrief, der zufolge »viele Könige und Führer in Pestzeiten aufgrund eines Orakelspruchs sich selbst in den Tod gegeben haben (παρέδωκαν ἑαυτοὺς εἰς θάνατον), um durch ihr Blut die Bürger zu retten (ἵνα ῥύσωνται διὰ τοῦ ἑαυτῶν αἵματος τοὺς πολίτας)« (I Clem 55,1)[56].

Die Berichte über die Martyrien des Eleazar sowie der sieben Brüder und ihrer Mutter enthalten für das Verständnis des Todes Jesu als Sühnegeschehen folgende Anknüpfungspunkte: die Wendung vom »Ster-

54 Das wird allerdings erwogen von J. N. BREMMER, Atonement (s. Anm. 15), S. 91 f.

55 Origenes, Comm. in Joh. VI,54 (36) (zit. nach: Origenes, Das Evangelium nach Johannes, übers. u. eingel. v. R. GÖGLER [MKZU.NF 4], Zürich / Köln 1959, S. 196; Origenes Werke, Bd. IV: Der Johanneskommentar, hg. v. E. PREUSCHEN [GCS 10], Leipzig 1903, S. 162).

56 Zit. nach: Die Apostolischen Väter. Griechisch-deutsche Parallelausgabe, neu übers. u. hg. v. A. LINDEMANN und H. PAULSEN, Tübingen 1992, S. 138 f.

ben für« (ἀποθνῄσκειν ὑπέρ)[57], die Rede von der Hingabe des eigenen Lebens[58] und die Deutung des gewaltsamen Todes als »eine Art Ersatzleistung« für das aufgrund der Sünde verwirkte Leben des Volkes[59].

57 Das Sterben geschieht allerdings für Gottes Gesetze (II Makk 6,28; 7,9). Vgl. auch IV Makk 6,27 (διὰ τὸν νόμον [»um des Gesetzes willen«]).

58 Eleazar gibt sich dahin, um sein Volk zu retten (ἔδωκεν ἑαυτὸν τοῦ σῶσαι τὸν λαὸν αὐτοῦ [I Makk 6,44]). Der Jüngste der sieben Brüder gibt Leib und Seele hin für die väterlichen Gesetze (σῶμα καὶ ψυχὴν προδίδωμι περὶ τῶν πατρίων νόμων [II Makk 7,37]).

59 In II Makk 7,37 f. bittet der Jüngste der sieben Brüder, Gott möge bei ihm und den Brüdern seinen Zorn zum Stillstand kommen lassen, den er mit Recht auf das ganze Volk geworfen habe. »Der Zorn Gottes wird hier sozusagen quantitativ gefaßt, wobei jedoch Gott bestimmt, wann sein Maß voll ist. Der Märtyrer bittet hier, daß mit seinem Tode dies Maß voll werde und der Zorn Gottes sich wieder von seinem Volke wenden möge.« (H. WENSCHKEWITZ, Die Spiritualisierung der Kultbegriffe Tempel, Priester und Opfer im Neuen Testament, in: Angelos.B 4 [1932], S. [70-230] 84) Ob hier allerdings bereits der Gedanke stellvertretenden Strafleidens vorliegt (so ebd.), ist fraglich; leiden doch nach II Makk 7,18.32 die Märtyrer wegen ihrer eigenen Verfehlungen (vgl. U. KELLERMANN, Zum traditionsgeschichtlichen Problem des stellvertretenden Sühnetodes in 2Makk 7,37 f., in: BN 13 [1980], S. [63-83] 69).

Dagegen tritt im 4. Makkabäerbuch der Gedanke stellvertretenden Strafleidens durch die Benutzung von Opferterminologie deutlich hervor. Das zeigt sich einerseits in Eleazars Fürbitte in IV Makk 6,28 f.: »Sei gnädig [ἵλεως] deinem Volk. Laß dir an unserer Bestrafung genügen, die wir für sie auf uns nehmen [ἀρκεσθεὶς τῇ ἡμετέρᾳ ὑπὲρ αὐτῶν δικῃ]. Zu einem Reinigungsopfer [καθάρσιον] für sie mache mein Blut und nimm mein Leben als Ersatz [ἀντίψυχον] für ihr Leben.« (Übers. nach: H. J. KLAUCK, 4. Makkabäerbuch [s. Anm. 53], S. 716) Andererseits heißt es resümierend im Blick auf das Martyrium Eleazars, der sieben Brüder und ihrer Mutter in IV Makk 17,20-22: »Sie also, die sich heiligten um Gottes willen, fanden verdiente Ehre [...] auch dadurch, daß um ihretwillen [...] unser Vaterland gereinigt wurde [καθαρισθῆναι], sind sie doch zu einer Art Ersatzleistung für die Sünde des Volkes geworden [ὥσπερ ἀντίψυχον γεγονότας τῆς τοῦ ἔθνους ἁμαρτίας]. Durch das Blut jener Frommen und ihren sühnenden Tod [τοῦ ἱλαστηρίου θανάτου αὐτῶν] hat die göttliche Vorsehung das zuvor schwer heimgesuchte Israel gerettet.« (Übers. in Anlehnung an: H.-J. KLAUCK, a.a.O., S. 752 f.; wie bereits von Klauck, wird der besser bezeugten Lesart mit adjektivisch gebrauchtem ἱλαστήριος anstelle des Substantivs ἱλαστήριον der Vorzug gegeben.)

Es legt sich folglich das Urteil nahe, daß die frühchristliche Deutung des Todes Jesu als Sühnegeschehen in den Kontext hellenistisch-jüdischen Martyriumsverständnisses gehört. So ist nach KLAUS WENGST »im hellenistisch-judenchristlichen Bereich, der mit dem Stephanus-Kreis bis in die früheste Jerusalemer Zeit zurückreicht, die positive Deutung des Todes Jesu als stellvertretende Sühne ausgebildet und in geprägten Sätzen formuliert worden«[60].

Da es sich bei den ältesten frühchristlichen Sühneaussagen um katechetische Lehrsätze handelt[61], werden sie nicht – jedenfalls nicht in erster Linie – auf die Auseinandersetzung mit Außenstehenden zurückzuführen sein. Vielmehr verdankt sich die frühchristliche Rede vom Sühnetod Jesu dem Bedürfnis seiner Anhänger, Jesu Kreuzestod einen positiven Sinn abzugewinnen und nicht lediglich als durch die Auferweckung überwundene Schmach oder als heilsgeschichtliche Notwendigkeit zu betrachten[62]. Galt doch laut Dtn 21,22 f. (LXX) der am Holz Aufgehängte als von Gott Verfluchter[63]. Ohne dieses σκάνδαλον [»Anstoß«] einfach in Abrede zu stellen, bot der Gedanke des stellvertretenden Sühnetodes die Möglichkeit, es zu überwinden und in einem höheren Sinn aufzuheben: Christus hat ὑπὲρ ἡμων [»für uns«] den uns als Sündern drohenden Fluchtod auf sich genommen, um uns von diesem zu befreien. Dies können wir Gal 3,13 entnehmen.

60 Vgl. PH. VIELHAUER, Geschichte (s. Anm. 44), S. 21 f.; K. WENGST, Art. Glaubensbekenntnis(se) IV. Neues Testament, in: TRE 13, Berlin / New York 1984, S. (392-399) 394,13-16.

61 Vgl. K. WENGST, Formeln (s. Anm. 14), S. 71.82 f.

62 Vgl. das »Kontrastschema« in Act 2,23 f.; 3,13-15; 4,10; 5,30 f.; 10,39 f.; 13,27-30 und die Rede vom göttlichen δεῖ [»Muß«] des Sterbens Jesu in Mk 8,31; Lk 17,25; 24,7; Act 17,3 (s. auch die verwandten Aussagen in Mk 9,31; 10,33; 14,21.41; Joh 3,14; 12,34). Vgl. dazu J. ROLOFF, Anfänge der soteriologischen Deutung des Todes Jesu (Mk. X. 45 und Lk. XXII. 27), in: NTS 19 (1972), S. (38-64) 38-43; G. BARTH, Tod (s. Anm. 21), S. 25-28.

63 Die Notwendigkeit, sich mit Dtn 21,22 f. auseinanderzusetzen, wird sowohl durch Gal 3,13 und Act 5,30 als auch durch die Passionsberichte der vier Evangelien (vgl. Mt 27,58 f.; Mk 15,42 f.; Lk 23,50-58; Joh 19,31.38) erhellt.

Erstmals haben wahrscheinlich die griechisch sprechenden Judenchristen[64] um Stephanus Jesu Tod als Sühnegeschehen interpretiert. Zum einen dürfte ihnen aufgrund ihrer kulturellen und religiösen Herkunft das Martyriumsverständnis vertraut gewesen sein, wie es seinen literarischen Niederschlag im zweiten und vierten Makkabäerbuch gefunden hat. Zum anderen führten sie Jesu endzeitlich ausgerichtete Botschaft von der Gottesherrschaft weiter, mit der die Relativierung der Mosetora durch den wahren Gotteswillen und die eschatologische Ablösung des Tempelkults verbunden war[65]. Indem die griechisch sprechenden Judenchristen die Deutekategorie des stellvertretenden Sühnetodes auf Jesu Ende am Kreuz von Golgatha übertrugen, konnten sie dieses nicht als ein der geschichtlichen Stunde verhaftetes Ereignis begreifen. Vielmehr mußten sie im Lichte der Auferweckung Jesu, mit der die Abfolge der eigentlichen Endzeitakte ihren Anfang genommen hatte, Jesu Kreuzestod als *eschatologisches* Sühnegeschehen begreifen, das prinzipiell weder wiederholt noch überboten werden kann, weshalb sich für sie auch jede weitere Sühnehandlung im Tempel verboten hat.

Das Aufgreifen hellenistisch-jüdischen Martyriumsverständnisses legte sich noch aus folgendem Grund nahe: Die offenbar sehr früh dem auferweckten Jesus zugeschriebene Fürbitterfunktion[66] bot insofern eine Anknüpfungsmöglichkeit, als auch die Märtyrer fürbittend für das Gottesvolk eintreten[67].

64 Auf den Begriff »Hellenisten« wird hier bewußt verzichtet; vgl. zu dessen Problematik: W. REINBOLD, Die »Hellenisten«. Kritische Anmerkungen zu einem Fachbegriff der neutestamentlichen Wissenschaft, in: BZ.NF 42 (1998), S. 96-102.

65 Vgl. M. HENGEL, Zur urchristlichen Geschichtsschreibung, Stuttgart ^{2}1984, S. 64; R. PESCH, Die Apostelgeschichte, 1. Teilbd.: Apg 1-12 (EKK V/1), Zürich / Einsiedeln / Köln / Neukirchen-Vluyn 1986, S. 239 f.

66 Vgl. Mt 7,21-23; Lk (Q) 12,8 f.; Act 7,55 f.; Röm 8,34; Hebr 7,25; 9,24; I Joh 2,1; Apk 3,5; II Clem 3 f.

67 Vgl. II Makk 7,37 f.; IV Makk 6,28 f. (s. dazu o. Anm. 59).

3. Theologische Konsequenzen aus dem exegetischen Befund

Als exegetischen Ertrag halten wir also fest: Der historische Jesus hat seinem ihm bevorstehenden Tod keine Sühnefunktion beigemessen. Vielmehr hat er sehr wahrscheinlich noch beim letzten Mahl mit den Jüngern seine Hoffnung auf die völlige Durchsetzung der Gottesherrschaft bekräftigt. Diese steht nach Jesu Botschaft allen offen, die sich Gottes Barmherzigkeit öffnen und der erfahrenen Vergebung in ihrem Verhalten entsprechen, ohne daß die menschliche Schuld zuvor gesühnt werden müßte.

Dieser Umstand wirft dann natürlich die drängende Frage auf:

3.1. Ist unsere Rede vom Sühnetod Jesu theologisch unverzichtbar, auch wenn der historische Jesus seinen Tod nicht als Sühnegeschehen interpretiert hat?

3.1.1. Der historische Jesus als Prüfstein christlicher Verkündigung

Angesichts der großen Vielfalt unterschiedlicher, zum Teil einander ausschließender christologischer und soteriologischer Konzeptionen, die sich im Neuen Testament finden, geht es nicht an, von *dem* christlichen Kerygma – verstanden als das Kerygma von Sühnetod und Auferstehung Jesu Christi – schlechthin zu sprechen und dieses womöglich noch mit dem Wort Gottes gleichzusetzen, das nicht hinterfragt werden darf. Stellt die Kategorie des stellvertretenden Sühnetodes nur eine – wenn auch sicher die im frühen Christentum am besten bezeugte – Deutungsmöglichkeit unter vielen[68] für Jesu Tod dar, dann ergibt sich notwendig die Frage nach dem Kriterium, das über Recht und Unrecht der jeweiligen Interpretation entscheidet. Will man sich nicht von rein subjektiven Erwägungen leiten lassen, dann bleibt nur der irdische Jesus selbst als Prüfstein, soweit er uns in den frühchristlichen Texten

68 Vgl. G. FRIEDRICH, Die Verkündigung des Todes Jesu im Neuen Testament (BThSt 6), Neukirchen-Vluyn ^{2}1985; G. BARTH, Tod (s. Anm. 21); M. D. HOOKER, Not Ashamed of the Gospel. New Testament Interpretations of the Death of Christ, Carlisle 1994.

mittels historisch-kritischer Methodik zugänglich ist[69]. Begreift man nämlich die sogenannten »Erscheinungen des Auferstandenen« als subjektive Visionen, dann ist der »Auferstandene« stets »der *interpretierte* Jesus«[70]. Da nun die Interpretation des Todes Jesu als Sühnegeschehen sich nicht auf den historischen Jesus zurückführen läßt, ja in Spannung, wenn nicht gar Widerspruch zu dem von Jesus verkündigten und den Menschen zugewandten Verzeihen Gottes steht, das ohne weiteres aus dessen Barmherzigkeit kommt[71], dann kann der Gedanke vom Sühnetod Jesu nicht als theologisch unaufgebbar gelten.

In diesem Sinne hat sich auch ALBERT SCHWEITZER ausgesprochen, wenn er davon ausgeht, »daß Jesus die Bedeutung seines Leidens und Sterbens als sein Geheimnis ansah und es nicht einmal den Jüngern, geschweige denn der Menge, die an das Kommen des Reiches glaubte, mitgeteilt hat«[72]. »Darum kann es« – Schweitzer zufolge –»keine verpflichtende Lehre darüber geben. Jesus verlangt nicht, daß wir glauben, daß wir Sündenvergebung nur haben auf Grund seines Todes, denn er selbst hat nichts Derartiges gelehrt, wie die zwei ältesten Evangelien bezeugen. Er verlangt von seinen Jüngern nur das eine: Du aber folge mir nach, daß sein Geist in unseren Herzen herrsche.«[73]

Aber nicht nur der Theologe Albert Schweitzer konnte sich von dem Sühnetodgedanken verabschieden, sondern auch der Komponist JOHANNES BRAHMS, dessen Todestag sich 1997 zum 100. Mal jährte[74]. So

69 Vgl. in Kürze W. ZAGER, Gottesherrschaft und Endgericht in der Verkündigung Jesu. Eine Untersuchung zur markinischen Jesusüberlieferung einschließlich der Q-Parallelen (BZNW 82), Berlin / New York 1996, S. 45-49; s. auch o. S. 5-13.

70 G. LÜDEMANN, Ketzer. Die andere Seite des Christentums, Stuttgart 1995, S. 216; vgl. dazu auch W. ZAGER, Jesu Auferstehung – Heilstat Gottes oder Vision? Das Ostergeschehen in historisch-kritischer und psychologischer Perspektive, in: DtPfrBl 96 (1996), S. 120-123 bzw. in erweiterter Fassung u. S. 63-87.

71 Vgl. A. SCHWEITZER, Reich Gottes (s. Anm. 30), S. 147.

72 A.a.O., S. 462.

73 Ebd.

74 Vgl. A. FRÖLICH, Johannes Brahms und das Christentum, in: Freies Christentum. Auf der Suche nach neuen Wegen, Jg. 49 (1997), S. 83-86; H.-J. FALKENBERG, Johannes Brahms als Theologe, in: DtPfrBl 98 (1998), S. 17-19.

legte Brahms seinem »Deutschen Requiem«[75] nicht den lateinischen Text der katholischen Totenmesse zugrunde, sondern wählte selbst ihm geeignet erscheinende Bibelstellen für seine von weltoffener Frömmigkeit inspirierte Trauermusik aus. Als der Bremer Musikdirektor Karl Reinthaler darum bat, Teil VI bei »Tod, wo ist dein Stachel?« (I Kor 15,55) um einen den »Erlösungstod des Herrn« thematisierenden Passus zu ergänzen, zumal dieses Theologumenon in dem Bibelwort Apk 14,13b (»Selig sind die Toten, die in dem Herrn sterben von nun an.«) implizit enthalten sei, das als Leitwort für den das Requiem abschließenden Teil VII fungiert, antwortete Brahms in einem Brief vom 9. Oktober 1867: »Was den Text betrifft, will ich bekennen, daß ich ... mit allem Wissen und Willen Stellen wie Evang. Joh. Kap. 3 Vers 16 entbehrte [›Also hat Gott die Welt geliebt, daß er seinen eingeborenen Sohn gab, auf daß alle, die an ihn glauben, nicht verloren werden, sondern das ewige Leben haben.‹]. Hinwieder habe ich nun wohl manches [d.h. manche Bibelstelle] genommen, weil ich Musiker bin, weil ich es gebrauchte, weil ich meinen ehrwürdigen Dichtern ein ›von nun an‹ nicht abdisputieren oder streichen kann.«[76]

Einen verzweifelten spekulativen Versuch, die dogmatische Lehre vom Sühnetod Jesu Christi zu retten, unternimmt WOLFHART PANNENBERG, wenn er zwar auf der einen Seite einräumt, daß die »Erlösung der Welt nicht als ein Ziel identifiziert werden kann, das Jesus in der historischen Menschlichkeit seines Wirkens sich gesetzt hätte«, aber auf der anderen Seite behauptet, »die Sühnefunktion seines Sterbens und ihre Abzwekkung auf das Heil der Welt« könne »sehr wohl dem in der Geschichte Jesu handelnden Gottessohn als Gegenstand und Zweck seines Handelns zugeschrieben werden«[77]. Doch damit wird die geschichtliche Personeinheit Jesu in Frage gestellt, weshalb sich solche Spekulation verbietet.

75 J. BRAHMS, Ein deutsches Requiem nach Worten der Heiligen Schrift für Soli, Chor und Orchester (Orgel ad lib.), op. 45, veröff. 1868.

76 Siehe R. GERBER, Das »Deutsche Requiem« als Dokument Brahmsscher Frömmigkeit, in: Das Musikleben. Zeitschrift für Musik, Jg. 2 (1949), S. (181-185.237-239.282 f.) 182.

77 W. PANNENBERG, Systematische Theologie, Bd. II, Göttingen 1991, S. 489.

3.1.2. Der stellvertretende Sühnetod als eine dem modernen Menschen nicht mehr nachvollziehbare Vorstellung

Wie ich eingangs bereits andeutete, ist es für den Menschen seit dem Zeitalter der Aufklärung ein inakzeptabler Gedanke[78], daß Jesus vor zwei Jahrtausenden in seinem Kreuzestod Schuld und Strafe aller Menschen – der damals lebenden, der damals bereits verstorbenen und der künftigen, also auch heutigen – auf sich genommen und beseitigt haben soll. So kann nach dem Urteil IMMANUEL KANTs die dem Gesinnungswandel vorausgehende Schuld »nicht von einem anderen getilgt werden; denn sie ist keine *transmissibele* Verbindlichkeit, die etwa, wie eine Geldschuld ..., auf einen anderen übertragen werden kann, sondern die *allerpersönlichste*, nämlich eine Sündenschuld, die nur der Strafbare, nicht der Unschuldige, er mag auch noch so großmütig sein, sie für jenen übernehmen zu wollen, tragen kann«[79].

78 Vgl. G. FRIEDRICH, Verkündigung (s. Anm. 68), S. 150 f.

79 I. KANT, Die Religion innerhalb der Grenzen der bloßen Vernunft, hg. v. K. Vorländer (PhB 45), Hamburg ^{8}1978, S. 77; s. auch a.a.O., S. 80 f.; ähnlich auch K. RAHNER, Versöhnung und Stellvertretung (1983), in: ders., Schriften zur Theologie, Bd. XV: Wissenschaft und christlicher Glaube, bearb. v. P. Imhof, Zürich / Einsiedeln / Köln 1983, S. (251-264) 260-262. – Vgl. dazu F. DELEKAT, Immanuel Kant. Historisch-kritische Interpretation der Hauptschriften, Heidelberg 1963, S. 355; G. WENZ, Geschichte der Versöhnungslehre in der evangelischen Theologie der Neuzeit, Bd. 1 (MMHST 9), München 1984, S. 227-232.

Weder der Hinweis auf das in unserer Zeit angeblich wachsende soziale Bewußtsein noch die menschliche Erfahrung von Anteilnahme und Mitleid können etwas daran ändern, daß persönliche Schuld unübertragbar ist (wie auch A. WEISER [Der Tod Jesu und das Heil der Menschen. Aussageweisen von Erlösung im Neuen Testament, in: BiKi 41 (1986), S. (60-67) 63] zugeben muß). Auch mit Hilfe des Tun-Ergehen-Zusammenhangs, der dem biblischen Sühneverständnis zugrunde liegt, läßt sich dieses Urteil nicht aufheben. Wie das Beispiel der Umweltzerstörung zeigt, das H. MERKLEIN anführt (Der Tod Jesu als stellvertretender Sühnetod. Entwicklung und Gehalt einer zentralen neutestamentlichen Aussage [1985], in: ders., Studien zu Jesus und Paulus [WUNT 43], Tübingen 1987, S. [181-191] 190 f.), treffen die Folgen menschlicher Schuld nicht nur die Täter selbst, sondern auch andere, Unschuldige. Damit werden die Schuldigen nicht von ihrer Schuld entlastet – ganz im Gegenteil!

Es kommt hinzu, daß weder Jesus selbst noch die ersten Christen eine zweitausendjährige Kirchengeschichte und damit eine unabsehbare Zahl

Wie wir verantwortlich über die Vorstellung von Jesu Sühnetod urteilen können, ohne dabei unseren Verstand ausschalten zu müssen, drückt folgender Satz RUDOLF BULTMANNs treffend aus: »Soll die Anschauung vom sündentilgenden Tode Christi aus der Opfervorstellung verstanden werden: welch primitive Mythologie, daß ein Mensch gewordenes Gottwesen durch sein Blut die Sünden der Menschen sühnt!«[80]

von Menschen im Blick hatten, die einmal an der Sühnkraft des Kreuzestodes partizipieren sollten. Vielmehr richtete sich ihre Hoffnung auf ein Eschaton in nächster Zeit (vgl. W. ZAGER, Gottesherrschaft [s. Anm. 69], S. 311-317).

Da HELMUT MERKLEIN einerseits nicht an der Einsicht Kants vorbeikommt, daß die Schuld eines Menschen nicht auf einen anderen übertragen werden kann, andererseits aber den Sühnetodgedanken nicht aufgeben will, sucht er diesen »mit intensiverer Hermeneutik« zu retten, indem er den Sühnetod Jesu als symbolisches Geschehen interpretiert (vgl. H. MERKLEIN, Das paulinische Paradox des Kreuzes, in: TThZ 106 [1997], S. 81-98). Doch bedeutet dies m.E. eine tiefgehende Umdeutung frühchristlicher Sühneaussagen.

80 R. BULTMANN, Neues Testament und Mythologie. Das Problem der Entmythologisierung der neutestamentlichen Verkündigung. Nachdr. der 1941 erschienenen Fassung, hg. v. E. Jüngel (BEvTh 96), München 1985, S. 19.

Zur neueren theologischen Kritik der Sühnetodtheologie vgl. E. KÄSEMANN, Die Gegenwart des Gekreuzigten (1967), in: ders., Kirchliche Konflikte, Bd. 1, Göttingen 1982, S. 76-91, bes. S. 78-80; P. FIEDLER, Sünde und Vergebung im Christentum, in: Conc(D) 10 (1974), S. 568-571; R. SCHNACKENBURG / O. KNOCH, Ist der Gedanke des Sühnetodes Jesu der einzige Zugang zum Verständnis unserer Erlösung durch Jesus Christus?, in: K. Kertelge (Hg.), Der Tod Jesu. Deutungen im Neuen Testament (QD 74), Freiburg i.Br. / Basel / Wien ^{2}1982 (^{1}1976), S. 205-225; E. MOLTMANN-WENDEL, Zur Kreuzestheologie heute. Gibt es eine feministische Kreuzestheologie?, in: EvTh 50 (1990), S. 546-557; E. VALTINK (Hg.), Das Kreuz mit dem Kreuz. Feministisch-theologische Anfragen an die Kreuzestheologie – Ansätze feministischer Christologie (Hofgeismarer Protokolle 273), Ev. Akademie Hofgeismar, 1990; E. MOLTMANN-WENDEL / L. SCHOTTROFF / D. SÖLLE, Art. Kreuz, in: WFT, Gütersloh 1991, S. 225-236; J.-D. REUSS, Jesus und der Sühnegedanke (s. Anm. 28); R. STROBEL, Feministische Kritik an traditionellen Kreuzestheologien, in: D. Strahm / R. Strobel (Hg.), Vom Verlangen nach Heilwerden. Christologie in feministisch-theologischer Sicht, Fribourg / Luzern 1991, S. 52-64; DIES., Das Kreuz im Kontext feministischer Theologie. Versuch einer

Zwar formuliert Bultmann grundsätzlich als Aufgabe der Entmythologisierung, nicht die Mythologie des Neuen Testaments einfach zu eliminieren, sondern »kritisch zu *interpretieren*«[81]. Aber bei Bultmanns existentialer Interpretation des Kreuzes Christi als Heilsereignis begegnet die Sühnevorstellung als solche nur am Rande, wenn er von der Hingabe Gottes spricht, die erst unsere Hingabe ermögliche[82]. Doch für eine solche existentiale Interpretation bedarf es der antikem Denken verhafteten Vorstellung des Sühnetodes nicht; sie kann auch aus der Parabel vom unbarmherzigen Knecht (Mt 18,23b-34)[83] hergeleitet werden. Diese ist in Jesu Lebenspraxis verwurzelt, die Gottes Liebe konsequent bis hin zum Kreuzestod verwirklichte. So verwundert es nicht, wenn Bultmann in seiner theologischen Deutung des Kreuzes den Gedanken des Mitsterbens mit Christus ins Zentrum rückt.[84]

So empfahl auch ALBERT SCHWEITZER in der Vorlesung seinen Studenten, nicht die Erlösung durch Jesu Sühnetod zu predigen, sondern den »mystischen« Erlösungsgedanken des Mit-Christus-Sterbens und Mit-

Standortbestimmung, in: a.a.O., S. 182-193; U. HEDINGER, Kritik der Kreuzestheologie, Tübingen 1993; J. VOLLMER, Zur Deutung des Todes Jesu, in: DtPfrBl 97 (1997), S. 119-122; J.-D. REUSS, Christozentrische Pluralität. Wie deuten die vier Evangelisten den Kreuzestod Jesu?, in: DtPfrBl 97 (1997), S. 285-287; C. PETERSEN, The Times They Are A-Changin'. Anknüpfung an Jochen Vollmer, in: DtPfrBl 97 (1997), S. 287-289.

Die großangelegte Apologie der christliche Sühnetodtheologie von MARTIN BIELER (Befreiung der Freiheit. Zur Theologie der stellvertretenden Sühne, Freiburg i.Br. / Basel / Wien 1996) vermag m.E. die in den genannten Arbeiten und in diesem Aufsatz vorgebrachte Kritik an derselben im wesentlichen nicht zu entkräften.

81 Siehe R. BULTMANN, Neues Testament und Mythologie (s. Anm. 80), S. 25.

82 Vgl. a.a.O., S. 51 f.

83 S.o. S. 13-26.

84 »Indem Gott Jesus kreuzigen ließ, hat er für uns das Kreuz errichtet: an das Kreuz Christi glauben, heißt nicht, auf einen mythischen Vorgang blicken, der sich außerhalb unser und unserer Welt vollzogen hat, auf ein objektiv anschaubares Ereignis, das Gott als uns zu Gute geschehen anrechnet; sondern an das Kreuz glauben, heißt, das Kreuz Christi als das eigene übernehmen, heißt, sich mit Christus kreuzigen lassen.« (R. BULTMANN, Neues Testament und Mythologie [s. Anm. 80], S. 55)

ihm-im-Geiste-Lebens; denn dieser Gedanke veralte nie, bleibe vielmehr »immer wahr«[85].

3.2. *Welche Wahrheitsmomente sind in der Vorstellung vom Sühnetod Jesu aufgehoben?*

Zwar ist die Glaubensaussage vom stellvertretenden Sühnetod Jesu als solche für uns heute kaum mehr nachvollziehbar. Dennoch enthält sie einige Wahrheitsmomente, die noch kurz benannt werden sollen:

1. Als vor Gott Schuldige sind wir Menschen auf seine Vergebung angewiesen. Diese wird uns unverdient zuteil, sofern wir uns dem Vergebungswort öffnen. Darin besteht Übereinstimmung zwischen Jesu Verkündigung und nachösterlicher Sühnetheologie[86].

2. Gottes Versöhnungsangebot ist unwiderruflich. Dies bringt die eschatologische Qualifizierung des Sühnegeschehens zum Ausdruck.

3. Damit hängt unmittelbar zusammen, daß der Opferkult an sein Ende gekommen ist.[87]

85 Siehe A. SCHWEITZER, Colleg über den Galaterbrief, Sommersemester 1906, H. II, S. 8(l.).9(l.); Paginierung der beiden Kolleghefte durch J. Zürcher: Jede Doppelseite wird als eine Seite gezählt, l. = links / r. = rechts.
ALBERT SCHWEITZER charakterisierte die Paulus eigentümliche Soteriologie so: »Erlösung geschieht nicht dadurch, dass Jesus für uns gestorben, sondern dass wir mit ihm gestorben und in seinem Geiste leben.« (a.a.O., S. 8[l.]) – Herrn Prof. Dr. ERICH GRÄSSER (Bonn) danke ich herzlich für die zeitweise Überlassung der beiden Kolleghefte Schweitzers.

86 Vgl. W. MARXSEN, Erwägungen zum Problem des verkündigten Kreuzes, in: NTS 8 (1961/1962), S. (204-214) 209 f.

87 An dieser Stelle sei noch darauf hingewiesen, daß ALBERT SCHWEITZER – anknüpfend an seinen Straßburger Lehrer PAUL ERNST LUCIUS – die christliche Mission als Sühne für die von den Kolonialmächten an den Eingeborenen in Afrika, Nordamerika und Australien begangenen Gewalttaten zu verstehen lehrte und damit das in der kirchlichen Dogmatik so schwere Wort »Sühne« zu neuem Leben erweckte (vgl. A. SCHWEITZER, Straßburger Predigten, hg. v. U. Neuenschwander, München [3]1993, S. 53-61 [Predigt zum Missionsfest am 6.1.1905]; s. ferner die noch unveröffentlichten Missionspredigten Schweitzers vom 1.2.1903 und 10.1.1904 [jeweils gehalten zu St. Nicolai in Straßburg]).

So wage ich abschließend selbst den Versuch, eine erste Antwort zu geben auf die Frage: *Wie können wir heute das Kreuz Jesu interpretieren?*

Das Kreuz dessen, der in radikaler Hingabe an Gottes Liebeswillen nicht sich selber, sondern in letzter Konsequenz für andere gelebt hat, ruft uns in die Nachfolge, die unter der Verheißung steht: »Wer sein Leben verliert, der wird es finden.«[88] Denn wer sein Leben nicht krampfhaft festhält, sondern in Hingabe an andere verschenkt und ihnen daran teilgibt, der wird zum wahren Leben durchdringen, das selbst der Tod nicht auslöschen kann, weil es teilhat an Gottes eigenem Leben.

88 So lautet der zweite Teil der rekonstruierten Urfassung des Logions vom Verlieren und Gewinnen des Lebens (Mk 8,35 par. Mt 16,25 / Lk 9,24; Q: Mt 10,39 par. Lk 17,33; Joh 12,25); vgl. W. ZAGER, Gottesherrschaft (s. Anm. 69), S. 183-190.

III

Die Auferstehung Jesu in historisch-kritischer und psychologischer Perspektive*

Jeder muß mit Gegenwind rechnen, der bei den Ostertexten des Neuen Testaments mit der historischen Methode kompromißlos Ernst macht. Noch dazu, wenn er den Versuch unternimmt, die Erscheinungen des auferstandenen Jesus mit Hilfe der Psychologie als subjektive Visionen zu deuten. Gegenwind nicht nur von seiten pietistischer oder fundamentalistisch geprägter Christen, sondern auch von weltoffeneren und liberaler denkenden Kirchenmitgliedern und Theologen. Dies zeigen jedenfalls die Reaktionen auf GERD LÜDEMANNS Buch »Die Auferstehung Jesu«[1]. Selbst RUDOLF BULTMANN hielt stets an Gottes Heilstat in Kreuz und Auferstehung Jesu fest.

* Erweiterte Fassung eines Vortrags, der am 6. März 1995 im Rahmen der »Internationalen Seminartage« in Günsbach/Elsaß gehalten wurde (in gekürzter Fassung erschienen unter dem Titel »Jesu Auferstehung – Heilstat Gottes oder Vision?«, in: DtPfrBl 96 [1996], S. 120-123). Diese standen unter dem Thema: »Auferstanden von den Toten? Die Auferstehung Jesu in der gegenwärtigen theologischen Diskussion und im Gedankengut Albert Schweitzers«.

1 G. LÜDEMANN, Die Auferstehung Jesu. Historie, Erfahrung, Theologie, Göttingen 1994 (Stuttgart ^{2}1994); vgl. auch die allgemeinverständliche gekürzte Fassung: G. LÜDEMANN / A. ÖZEN, Was mit Jesus wirklich geschah. Die Auferstehung historisch betrachtet, Stuttgart 1995 (hier findet sich auf S. 6 eine Zusammenstellung der wichtigsten wissenschaftlichen Rezensionen; vgl. außerdem H. KREMERS, Wo Beweise versagen. Überlegungen anläßlich des Auferstehungsbuches von Gerd Lüdemann, in: LM 5/1994, S. 31-33; P. STUHLMACHER, Die Auferweckung Jesu und die Auferweckung der Toten, in: PTh 84 [1995], S. 72-88).
Als an eine breitere Öffentlichkeit sich wendende Reaktionen auf Lüdemanns Auferstehungsbuch seien u.a. folgende genannt: A. LINDEMANN, Jesus blieb im Grab. Ein Buch sorgt für Aufregung: Der Göttinger Neute-

Auch wenn Bultmann Jesu Auferstehung nicht als ein »*Mirakel*« verstanden wissen wollte, sondern als »*Ausdruck der Bedeutsamkeit des Kreuzes*«[2], so fragt man sich bei der Lektüre seines berühmten Vortrags »Neues Testament und Mythologie« aus dem Jahre 1941, ob er bei der Osterthematik die von ihm propagierte Entmythologisierung des Neuen Testaments wirklich konsequent durchgeführt hat[3]. Bultmann behauptet nämlich einerseits: »*Christus, der Gekreuzigte und Auferstandene, begegnet uns im Worte der Verkündigung*, nirgends anders. *Eben der Glaube an dieses Wort ist in Wahrheit der Osterglaube.*«[4] Zugleich nennt Bultmann es eine »Verirrung«, wollte man nach dem historischen Ursprung der Osterbotschaft zurückfragen, um deren Rechtmäßigkeit zu prüfen[5]. Hier gilt nur ein Entweder-Oder; denn: »Das Wort der Verkündigung begegnet als Gottes Wort, dem gegenüber wir nicht die

stamentler Gerd Lüdemann stellt die Auferstehung des Gottessohnes in Frage, in: DASBl vom 18.2.1994, S. 17; W. THIEDE, Vorgeschmack auf eine neue Wirklichkeit, in: RhM vom 18.3.1994, S. 26; K. BERGER, 43 Witwen und 19 Witwer widerlegen die Bibel. Wie der Göttinger Neutestamentler Gerd Lüdemann mit der Auferstehung Jesu fertig wird, in: FAZ vom 30.3.1994; DERS., Ostern fällt nicht aus! Zum Streit um das »kritischste Buch über die Auferstehung«, in: Idea Spectrum 13/1994, S. 21 f.; DERS., Die andere Wahrnehmung. War das Grab leer? Weshalb Rationalisten und Fundamentalisten an der Osterbotschaft scheitern, in: FAZ vom 2.4.1994; DERS., Zerfetztes Zeugnis. Gerd Lüdemann als »enfant terrible« der Theologie, in: EK 4/1994, S. 238-240; M. WELKER, Die Wirklichkeit des Auferstandenen. Gerd Lüdemanns aufklärerischer Fundamentalismus, in: EK 4/1996, S. 206 f.; I. U. DALFERTH, Volles Grab, leerer Glaube? Zum Streit um die Auferweckung des Gekreuzigten, in: ZThK 95 (1998), S. 379-409; zur Aufnahme in der Presse vgl. W. STOELLGER, Ein protestantisches Märchen. Bemerkungen zur Medienrezeption eines Buches, in: PTh 84 (1995), S. 89-96.

2 R. BULTMANN, Neues Testament und Mythologie. Das Problem der Entmythologisierung der neutestamentlichen Verkündigung. Nachdr. der 1941 erschienenen Fassung, hg. v. E. Jüngel (BEvTh 96), München 1985, S. 58.

3 Vgl. dazu die berechtigte Kritik von F. BURI, Entmythologisierung oder Entkerygmatisierung der Theologie, in: Kerygma und Mythos, Bd. II.: Diskussionen und Stimmen zum Problem der Entmythologisierung, hg. v. H. W. Bartsch, Hamburg-Volksdorf 1952, S. 85-101.

4 R. BULTMANN, Neues Testament (s. Anm. 2), S. 61.

5 Ebd.

Legitimationsfrage stellen können, sondern das uns nur fragt, ob wir es glauben wollen oder nicht.«[6] Andererseits betont Bultmann zu Recht das Eingebundensein des Christusgeschehens, das das Neue Testament bezeugt, in ein vom mythischen Denken geprägtes Weltbild, das einer vergangenen Zeit angehört[7]. Auch räumt Bultmann ein, daß im frühen Christentum die Auferstehung Jesu als Beginn der endzeitlichen Totenauferstehung verstanden wurde, die sich zusammen mit der Wieder-

6 S. ebd.

7 Vgl. a.a.O., S. 12-14. – Daran ändert sich nichts, wenn Bultmann anschließend (s. a.a.O., S. 61) die Zusammengehörigkeit von Glaube und Verstehen herausstellt. Denn daß das Wort der Verkündigung »uns die Möglichkeit des Verständnisses unser selbst eröffnet«, gilt in mehr oder weniger starkem Ausmaß von jedem Mythos.

Daß eine von Jesus ausgesagte Auferstehung und Himmelfahrt im Rahmen des antiken Weltbildes »nichts Unerhörtes« darstellt, ist folgender Äußerung *Justin*s zu entnehmen:

»Wenn wir aber weiterhin behaupten, der Logos, welcher Gottes erste Hervorbringung ist, sei ohne Beiwohnung gezeugt worden, nämlich Jesus Christus, unser Lehrer, und er sei gekreuzigt worden, gestorben, wieder auferstanden und in den Himmel aufgestiegen, so bringen wir im Vergleich mit euren Zeussöhnen nichts Befremdliches vor. Denn wie viele Zeussöhne die bei euch hochgeschätzten Schriftsteller aufführen, wißt ihr wohl; so den Hermes, den verklärten Vernunftgeist und Lehrer aller, dann den Asklepios, der Arzt gewesen, vom Blitz erschlagen und in den Himmel aufgefahren sei; ferner den Dionysos, nachdem er zerrissen worden war, Herakles, nachdem er sich, um seinen Leiden zu entrinnen, dem Feuertode übergeben hatte, dann Ledas Söhne, die Dioskuren, Danaes Sohn Perseus und den von Menschen abstammenden Bellerophon auf seinem Rosse Pegasus. Was sollen wir noch von Ariadne sagen und denen, welche die Sage, wie sie, unter die Sterne versetzt hat? Und was von den unter euch dahinsterbenden Herrschern, die ihr immer für wert haltet, unter die Unsterblichen versetzt zu werden, so daß ihr einen vorführt, der schwört, er habe den verbrannten Kaiser vom Scheiterhaufen zum Himmel auffahren sehen?« (Justin, Apol. I,21 [zit. nach der Übers. v. G. Rauschen, in: BKV 12, Kempten / München 1913, S. 33 f.])

Anders als wir moderne Menschen denkt Justin gar nicht daran, die Möglichkeit der von ihm angesprochenen mythischen Vorgänge in Zweifel zu ziehen, genauso wenig wie Paulus die Existenz der λεγόμενοι θεοί in I Kor 8,5 prinzipiell bestreitet (vgl. G. KRÜGER, Was heisst und zu welchem Ende studiert man Dogmengeschichte?, Freiburg i.Br. / Leipzig 1895, S. 33).

kunft Christi ereignen sollte, welche man in nächster Zeit erwartete[8]. Und so scheint man nicht an der Kritik FRITZ BURIs gegenüber Bultmanns Position vorbeikommen zu können. Buri bemerkt: Wird die neutestamentliche Botschaft von Kreuz und Auferstehung in ihrer »mythologischen, historisch ursprünglichen Gestalt genommen, dann kann man der Folgerung nicht ausweichen, daß [sie] durch den tatsächlichen Geschichtsverlauf radikal in Frage gestellt ist. Ohne verwischende Zweideutigkeit kann man dann nicht mehr von einer in Kreuz und Auferstehung geschehenen Heilstat Gottes reden, weil das, was damit hätte eingeleitet werden sollen, der Anbruch des Endgeschehens, sich eben nicht ereignet hat.«[9]

Wir sehen also, bei der historischen Rückfrage nach der Auferstehung Jesu handelt es sich um ein Problem, das für das Selbstverständnis christlichen Glaubens und christlicher Theologie von grundsätzlicher Bedeutung ist. Es ist daher nicht zufällig, wenn GERD LÜDEMANN im Schluß seines Auferstehungsbuches[10] die von DAVID FRIEDRICH STRAUSS gestellte Frage: »Sind wir noch Christen?« aufgreift. Während Strauß diese Frage in seinem Alterswerk »Der alte und der neue Glaube« verneint hatte[11], meinte dagegen Lüdemann zunächst, sie bejahen zu können – freilich ohne die überkommene kirchliche Form des Osterglaubens zu teilen[12]. In jüngster Zeit aber hat er sich dann doch – m.E. in hermeneutisch kurzschlüssiger Weise – von der christlichen Religion losgesagt[13].

Nach diesen einführenden Gedanken möchte ich das mir gestellte Thema in vier Schritten behandeln:

8 Vgl. R. BULTMANN, Neues Testament (s. Anm. 2), S. 13.

9 F. BURI, Entmythologisierung (s. Anm. 3), S. 96.

10 G. LÜDEMANN, Auferstehung (s. Anm. 1), S. 216-222: »Der Auferstehungsglaube der ältesten Gemeinde und wir – oder: Können wir noch Christen sein?« So lautet auch die Überschrift der im »Spiegel« erschienenen Rezension zu Lüdemanns Buch (DER SPIEGEL 13/1994, S. 126 f.130 f.134-136.138 f.).

11 D. F. STRAUSS, Der alte und der neue Glaube. Ein Bekenntniß, hg. v. E. Zeller, Bonn [12-14]1895 ([1]1872), S. 8-61.

12 Vgl. G. LÜDEMANN, Auferstehung (s. Anm. 1), S. 219-222.

13 Vgl. G. LÜDEMANN, Der große Betrug. Und was Jesus wirklich sagte und tat, Lüneburg 1998, S. 7-18.121-123.

1. Ergebnisse historisch-kritischer Exegese der neutestamentlichen Ostertexte,

2. Psychologische Deutungen der Erscheinungen des Auferstandenen (und zwar durch David Friedrich Strauß, Gerd Lüdemann und Ulrich B. Müller),

3. Einige Anmerkungen zur Psychologie der Vision

und

4. Religionsgeschichtliche Parallelen zu den Ostervisionen.

Am Ende meiner Ausführungen soll noch eine knappe Zusammenfassung des Ertrags verbunden mit einem Ausblick stehen.

1. Ergebnisse historisch-kritischer Exegese der neutestamentlichen Ostertexte

Die Anwendung psychologischer Fragestellungen und Kategorien ist innerhalb der wissenschaftlichen Exegese biblischer Texte nach wie vor umstritten. So galt noch vor einigen Jahren die Charakterisierung »psychologisierende Auslegung« geradezu als Schimpfwort. Allerdings beginnt sich die psychologische Bibelauslegung mehr und mehr durchzusetzen. Dagegen wird das übliche Instrumentarium der historischen Methode mit großer Selbstverständlichkeit auch auf die Ostertexte des Neuen Testaments angewandt. Trotz mancher Unterschiede im Detail sind hier eine Reihe von Forschungsergebnissen erzielt worden, die einen Konsens darstellen oder doch weithin geteilt werden. Dabei sei auf einige wichtige Punkte hingewiesen[14]:

a) Im Neuen Testament ist von der Auferweckung bzw. Auferstehung Jesu zum einen in formelhaften Wendungen – wie in Bekenntnissen oder Hymnen – die Rede, zum anderen in der Geschichte vom leeren Grab. Dabei begegnen die formelhaften Wendungen bereits in der

14 Für das Folgende vgl. P. HOFFMANN, Art. Auferstehung II. Auferstehung Jesu Christi 1. Neues Testament, in: TRE 4, Berlin / New York 1979, S. 478-513; DERS., Art. Auferweckung Jesu, in: NBL 1, Zürich 1991, Sp. 202-215; U. B. MÜLLER, Die Entstehung des Glaubens an die Auferstehung Jesu. Historische Aspekte und Bedingungen (SBS 172), Stuttgart 1998, S. 12-18.

Frühzeit, während die Grabesgeschichte einem späteren Überlieferungsstadium angehört. Ganz ähnlich verhält es sich mit den Erscheinungen des Auferstandenen, auf die anfangs nur mit knappen Aussagen Bezug genommen wird. Dagegen erweisen sich die uns vertrauten Erscheinungsgeschichten der Evangelien als »späte sekundäre Gemeindebildungen«[15].

b) Der Osterglaube der ersten Christen kam anfangs in einer eingliedrigen Auferweckungsformel zum Ausdruck, die uns vor allem in den paulinischen Briefen erhalten ist. Sie begegnet in verschiedenen Formen: z.B. (θεὸς) ὁ ἐγείρας αὐτὸν / Ἰησοῦν ἐκ νεκρῶν [»Gott, der ihn / Jesus aus Toten erweckte«][16] oder (ὅτι) ὁ θεὸς αὐτὸν ἤγειρεν ἐκ νεκρῶν [»Gott erweckte ihn [sc. Jesus] aus Toten«][17]. Die Formel begreift Gottes Handeln an dem getöteten Jesus im Rahmen der Erwartung der endzeitlichen Totenauferweckung, die sich bereits an Jesus ereignet habe. Dabei setzt die Bestimmung »aus Toten« einen Aufenthalt in der Scheol, dem Totenreich, voraus.

c) Während die eingliedrige Auferweckungsformel ursprünglich das Gewicht betont auf Gottes Handeln legt und für Jesus als Objekt dieses Handelns keine christologischen Hoheitstitel verwendet, wird sie im Laufe des Überlieferungsprozesses zu mehrgliedrigen, nun christologisch geprägten Wendungen erweitert. Ferner wird die Auferweckungsaussage mit anderen christologischen Vorstellungsgehalten verbunden: ob mit dem meist als Sühnetod verstandenen Tod Jesu, mit seiner Erhöhung zur Rechten Gottes und seinem Eintreten für uns vor Gott oder mit seinem Kommen am Tag des Endgerichts. Als Beispiel für eine solche mehrgliedrige christologische Aussage sei die Glaubensformel angeführt, die Paulus in I Kor 15,3b-5 zitiert. Das aus vier Gliedern bestehende Traditionsstück lautet:

ὅτι Χριστὸς ἀπέθανεν ὑπὲρ τῶν ἁμαρτιῶν ἡμῶν κατὰ τὰς γραφὰς
καὶ ὅτι ἐτάφη
καὶ ὅτι ἐγήγερται τῇ ἡμέρᾳ τῇ τρίτῃ κατὰ τὰς γραφὰς

15 P. HOFFMANN, Art. Auferweckung Jesu (s. Anm. 14), Sp. 202.

16 Gal 1,1; II Kor 4,14; Röm 4,24; 8,11a.b; Kol 2,12; Act 13,34; 17,31; Hebr 13,20.

17 I Thess 1,10; I Kor 6,14; 15,15; Röm 10,9 sowie Act 2,32; 13,34; Kol 2,13; Eph 2,5. – Vgl. dazu P.-G. KLUMBIES, »Ostern« als Gottesbekenntnis und der Wandel zur Christusverkündigung, in: ZNW 83 (1992), S. 157-165.

καὶ ὅτι ὤφθη Κηφᾷ εἶτα τοῖς δώδεκα
[»daß Christus gestorben ist für unsere Sünden nach den Schriften,
und daß er begraben wurde,
und daß er auferweckt worden ist am dritten Tag nach den Schriften,
und daß er dem Kephas erschien, dann den Zwölfen«].

Die Auferweckungsformel ist hier mit der Sterbensformel kombiniert, wobei als bestätigendes Faktum für Jesu Tod die Begräbnisaussage und für Jesu Auferweckung die Erscheinungsaussage dient.

d) Die Erzählung von der Auffindung des leeren Grabes gehört ursprünglich nicht zu dem Passionsbericht, den Markus in sein Evangelium aufgenommen hat. »Die Erzählung ist erst im Überlieferungsprozeß, vielleicht durch Markus selbst, mit der Passionsgeschichte verbunden worden.«[18] Dies macht der Widerspruch deutlich, der zwischen der in der Grablegungsgeschichte vorausgesetzten endgültigen Bestattung (Mk 15,46) und der Salbungsabsicht der Frauen (Mk 16,1) besteht, welche eine provisorische Beisetzung voraussetzt[19]. Die Verbindung der Grabesgeschichte mit den Erscheinungen vor Petrus und den Jüngern hat erst Markus hergestellt: So läßt Markus den Engel nicht nur die Osterbotschaft vermelden, sondern auch auf die Zusage Jesu hinweisen, daß er nach seiner Auferweckung Petrus und den Jüngern nach Galiläa vorangehen werde und sie ihn dort sehen würden (Mk 16,7). Sowohl dieses Engelwort als auch das Versprechen Jesu in Mk 14,28 gehen erst auf die Redaktionsarbeit des Markus zurück. Die dem Evangelisten vorliegende Geschichte vom leeren Grab als solche gehört in den Kontext antiker Entrückungslegenden, in »denen die Nichtauffindbarkeit des Leichnams als Hinweis für seine Entrückung galt«[20]. Entrückungen werden innerhalb des Judentums von Henoch, Mose und Elia erzählt,

18 P. HOFFMANN, Art. Auferweckung Jesu (s. Anm. 14), Sp. 209.

19 S. ebd.; vgl. auch W. ZAGER, Art. Salbung III. Neues Testament, in: TRE 29, Berlin / New York 1998, S. (711-714) 712, 21-27. – Weitere Argumente gegen die Historizität der Auffindung eines geöffneten leeren Grabes bieten: L. OBERLINNER, Die Verkündigung der Auferweckung Jesu im geöffneten und leeren Grab. Zu einem vernachlässigten Aspekt in der Diskussion um das Grab Jesu, in: ZNW 73 (1982), S. 159-182; S. VOLLENWEIDER, Ostern – der denkwürdige Ausgang einer Krisenerfahrung, in: ThZ 49 (1993), S. (34-53) 36 f.; vgl. auch H. GRASS, Ostergeschehen und Osterberichte, Göttingen [4]1970, S. 138-186.

20 P. HOFFMANN, Art. Auferweckung Jesu (s. Anm. 14), Sp. 210.

sonst in der Antike noch von Menelaos, Herakles und Alexander. Die Entrückungslegenden boten »eine Möglichkeit, im hell[enistischen] Milieu das urchristl[iche] Bekenntnis zur *leiblichen* Auferstehung und Erhöhung Jesu verständlich zu machen ... Das läßt auf eine relativ späte Entstehung dieser Erzähltradition schließen ...«[21] In seinen Briefen spricht Paulus jedenfalls nie von einem leeren Grab.

e) Die Erscheinungsgeschichten der Evangelien stellen durchweg späte Bildungen dar und lassen sich miteinander schwerlich verbinden (das betrifft den Ort, die Zeit, die Adressaten, die Art und Weise, den Gehalt der Erscheinung). Im Unterschied dazu verdient das Zeugnis des Paulus von den Erscheinungen Jesu besondere Bedeutung. Denn »Paulus spricht als einziger neutestamentlicher Autor von einer Erscheinung Jesu aufgrund eigener Erfahrung«[22].

So stellt er bei der Verteidigung seines Apostolats in I Kor 9,1 die rhetorische Frage: »Habe ich nicht Jesus, unseren Herrn, gesehen?« Im gleichen Brief reiht sich Paulus in Kap. 15, V. 8 als letzter in die Liste der Osterzeugen ein: »Zuletzt aber von allen erschien er [sc. Christus] gleichsam als der Fehlgeburt auch mir.« Und in Gal 1,15 f. verteidigt er die Unabhängigkeit seines Apostelamtes, indem er schreibt: »Als es aber dem, der mich von meiner Mutter Leib an ausgesondert und durch seine Gnade berufen hat, gefiel, seinen Sohn in mir zu offenbaren, damit ich ihn unter den Heiden verkündigen sollte, da sogleich ging ich nicht mit Fleisch und Blut zu Rate ...« Außer den Erscheinungen Jesu vor Petrus und den Zwölfen, die das vierte Glied der Credoformel in I Kor 15 erwähnt, berichtet Paulus gleich anschließend an diese Formel noch von weiteren Erscheinungen vor mehr als fünfhundert Brüdern auf einmal, vor Jakobus, einem Bruder Jesu, und vor allen Aposteln, die nicht mit dem Zwölferkreis gleichzusetzen sind (I Kor 15,6 f.).

21 Ebd.

22 P. HOFFMANN, Art. Auferstehung II/1 (s. Anm. 14), S. 490,48 f.

2. Psychologische Deutungen der Erscheinungen des Auferstandenen

Es ergibt sich nun das Problem, ob wir hinter das »Daß« der von Paulus bezeugten Erscheinungen des auferstandenen Christus zurückfragen können. Die konsequente Handhabung der historischen Methode legt zumindest den Versuch nahe. Ob ein solcher überzeugend durchzuführen ist, wollen wir anhand von zwei psychologischen Interpretationen der Erscheinungen Jesu prüfen.

2.1. David Friedrich Strauß

Die einschlägigen Äußerungen von DAVID FRIEDRICH STRAUSS (1808-1874) zur Osterthematik finden sich vor allem in seinem epochalen Werk »Das Leben Jesu, kritisch bearbeitet«[23], das 1835/1836 veröffentlicht wurde, und in seinem »Das Leben Jesu, für das deutsche Volk bearbeitet«[24] aus dem Jahre 1864.

Als Ausgangspunkt für die Analyse der neutestamentlichen Ostertexte wählt Strauß die Auflistung der Osterzeugen in I Kor 15. Darin sind ihm viele Exegeten bis heute mit Recht gefolgt. *Paulus* stellt hier die ihm selbst zuteil gewordene Christophanie mit den Erscheinungen Jesu kurze Zeit nach der Kreuzigung in eine Reihe. Daraus schließt Strauß, daß nach der Auffassung des Paulus die früheren Erscheinungen von derselben Art waren wie die eigene[25]. Mit Blick auf die Darstellung der

23 D. F. STRAUSS, Das Leben Jesu, kritisch bearbeitet, 2 Bde., Tübingen 1835/1836 (Nachdr. 1984); vgl. Bd. II, S. 590-685. – S. zum Folgenden auch P. HOFFMANN, Der garstige breite Graben. Zu den Anfängen der historisch-kritischen Osterdiskussion (1985), in: ders., Tradition und Situation. Studien zur Jesusüberlieferung in der Logienquelle und den synoptischen Evangelien (NTA.NF 28), Münster 1995, S. (341-372) 361-372; DERS., Die historisch-kritische Osterdiskussion von H. S. Reimarus bis zu Beginn des 20. Jahrhunderts (1986), in: ders. (Hg.), Zur neutestamentlichen Überlieferung von der Auferstehung Jesu (WdF 522), Darmstadt 1988, S. (15-67) 25-31.

24 D. F. STRAUSS, Das Leben Jesu für das deutsche Volk bearbeitet, 2 Bde., Bonn [14]1904 (Leipzig [1]1864); vgl. Bd. I, S. 148-164; Bd. II, S. 148-158.

25 Vgl. D. F. STRAUSS, Leben Jesu, kritisch II (s. Anm. 23), S. 656; DERS., Leben Jesu, dt. Volk I (s. Anm. 24), S. 154.

sogenannten »Bekehrung des Saulus« durch die Apostelgeschichte beurteilt Strauß die Erscheinung des Auferstandenen als eine Vision. Dabei läßt er keinen Zweifel daran, daß der Apostel »die Erscheinung als eine im vollen Sinn objective dachte«[26]. Jedoch gebe Paulus »entfernt nichts an, was uns ... hindern könnte, die Erscheinung als eine lediglich subjective, als eine Thatsache seines inneren Seelenlebens zu betrachten«[27].

Wie erklärt sich nun Strauß das Zustandekommen einer solchen rein subjektiven – also nicht durch Gottes Eingreifen bewirkten – Vision? Nach dem Urteil von Strauß hat sich bei Paulus ein sich immer mehr potenzierender innerer Konflikt aufgebaut, der sich in einer Vision entlud. Diesen Vorgang schildert Strauß in sehr eindrücklicher Weise: »Versetzen wir uns ... in die Zeit vor seiner Bekehrung zurück und denken an die Aufregung, in welche ihn, den Eiferer für die väterlichen Satzungen des Judenthums ..., die bedrohlichen Fortschritte des werdenden Christenthums versetzen mußten. Auch damals sah er das ihm Theuerste und Heiligste gefährdet, es schien eine Geistesrichtung unaufhaltsam einzureißen, die gerade das, was ihm eine Hauptsache war, die strenge Beobachtung aller jüdischen Gesetze und Bräuche, zur Nebensache machte ...«[28] Auf der anderen Seite stellt Strauß die positiven Eindrücke heraus, die Paulus von den Christen empfing und die ihn in einen scheinbar unlösbaren Gewissenskonflikt hineinführten: Es imponierte Paulus offenbar, wie die Christen mit denen er disputierte oder die er gar verfolgte, ihren Glauben ganz auf die Auferstehung Jesu gründeten. Als Pharisäer konnte er Jesu Auferstehung nicht so leicht bestreiten, da er im Gegensatz zu den Sadduzäern die Totenauferstehung erhoffte – freilich erst am Ende der Zeit. Angesichts des Umstands, daß man im zeitgenössischen Judentum von der Entrückung Henochs oder Elias in die Himmelswelt erzählte, bereitete es dem jüdischen Denken keine unüberwindlichen Schwierigkeiten, sich eine bereits in der Gegenwart an einem heiligen Mann geschehene Auferstehung vorzustellen[29].

26 D. F. STRAUSS, Leben Jesu, dt. Volk I, S. 155.

27 Ebd.

28 A.a.O., S. 156.

29 Vgl. a.a.O., S. 156.158.

Paulus vermochte also nach Strauß nur dann die Auferstehung Jesu zu bestreiten, wenn Jesus ein Irrlehrer oder Betrüger gewesen wäre. »Eben dieß mußte ihm, seinen Bekennern gegenüber, täglich zweifelhafter werden. Sie meinten es nicht nur offenbar ehrlich, waren von seiner Wiederbelebung, wie von ihrem eigenen Leben, überzeugt, sondern sie zeigten auch eine Gemüthsverfassung, einen stillen Frieden, eine ruhige Freudigkeit auch im Leiden, die das fried- und freudelose Eifern ihres Verfolgers beschämte. ... Sah er nun einerseits die neue Sekte trotz aller Verfolgungen, ja in Folge derselben, immer weiter um sich greifen, und empfand er andererseits als ihr Verfolger die innere Befriedigung immer weniger, die er bei den Verfolgten so vielfach wahrnehmen konnte, so darf es uns nicht Wunder nehmen, wenn er sich in Stunden des Unmuths und inneren Unglücks bisweilen die Frage stellte: wer hat denn am Ende Recht, du oder der gekreuzigte Galiläer, von dem diese Menschen schwärmen? Und war er einmal so weit, so ergab sich bei seiner leiblichen und geistigen Eigenthümlichkeit leicht eine Ekstase, in welcher ihm eben der Christus, den er bisher so leidenschaftlich verfolgt hatte, ... erschien, ihn auf das Verkehrte und Vergebliche seines Treibens aufmerksam machte und zum Uebertritt in seinen Dienst berief.«[30]

Nach Strauß spricht für die Deutung des Damaskus-Ereignisses als subjektive Vision die Mitteilung des Paulus in II Kor 12, daß er auch sonst »Gesichte und Offenbarungen« hatte. So berichtet er an dieser Stelle im 2. Korintherbrief von seiner zeitweisen Entrückung in den dritten Himmel, wo er das Paradies lokalisiert, und gebraucht dafür den Terminus »Offenbarung« (ἀποκάλυψις). Und es ist kaum zufällig, wenn er in Gal 1,15 f. seine Berufung damit umschreibt, daß es Gott gefiel, in ihm seinen Sohn zu »offenbaren« (ἀποκαλύπτειν).

Strauß stellt klar die unterschiedlichen Voraussetzungen bei Paulus und den *Jüngern* Jesu für die Christuserscheinungen heraus: »Dem Apostel Paulus nämlich war die Vorstellung, daß Jesus auferstanden und mehreren Personen erschienen sei, als Glaube der Sekte, die er verfolgte, gegeben, er hatte sie nur noch in seine Überzeugung aufzunehmen, und durch die Phantasie bis zur eigenen Erfahrung zu beleben: die älteren Jünger hingegen hatten lediglich den Tod ihres Messias als Faktum vor sich, die Ansicht einer Auferstehung konnten sie nirgend her nehmen, sondern mußten diesselbe ... erst produciren ...«[31] Strauß unternimmt

30 A.a.O., S. 156 f.

31 D. F. STRAUSS, Leben Jesu, kritisch II (s. Anm. 23), S. 658.

nun den Versuch, sich in die Stimmung der Jünger nach Jesu Tod hineinzuversetzen. So habe Jesus auf sie immer stärker den Eindruck des Messias gemacht. Jedoch schien dieser Eindruck durch die Kreuzigung zuerst einmal vernichtet zu sein. Wie allerdings der erste Schrecken verflogen war und der frühere Eindruck sich wieder zu regen begann, da entstand in ihnen psychologisch ein Bedürfnis, den Widerspruch zwischen Jesu Hinrichtung und »ihrer früheren Ansicht von ihm aufzulösen, in ihren Begriff vom Messias das Merkmal des Leidens und Todes mitaufzunehmen. Da aber Begreifen bei den Juden jener Zeit nur hieß, etwas aus den heiligen Schriften ableiten: so waren sie an diese gewiesen, ob nicht in ihnen vielleicht Andeutungen eines leidenden und sterbenden Messias sich fänden. Dergleichen Andeutungen mußten sich den Jüngern Jesu, welche sie zu finden wünschten, so fremd auch die Idee eines solchen Messias dem A[lten] T[estament] ist, dennoch in allen denjenigen poëtischen und prophetischen Stellen darbieten, welche, wie Jes. 53, Ps. 22, die Männer Gottes als geplagt und gebeugt bis zum Tode darstellten.«[32] Aber nicht nur den Tod des Messias, sondern auch seine Auferstehung fanden Jesu Anhänger in den Schriften geweissagt[33]. Und so kann Strauß – mit Anspielung auf die lukanischen Ostergeschichten – fragen: »... und wie konnten sie [sc. die Jünger], wenn ihnen der Sinn für die bisher verborgene Lehre der Schrift vom sterbenden Messias aufgieng, und in ungewohnter Begeisterung ihr ... [Herz brannte] ... (Luc 24,32.), umhin dieß als Einwirkung ihres verherrlichten Christus auf sie, als ein von ihm ausgehendes ... [Öffnen ihres Sinnes] (V. 45.), ja als ein Reden mit ihnen aufzufassen? Wie denkbar endlich ist es, daß diese Eindrücke bisweilen bei Einzelnen,

32 A.a.O., S. 659.

33 Strauß denkt hier neben Jes 53 insbesondere an Ps 16 (die Verse 8-11 werden in der Pfingstpredigt des »Petrus« in Act 2,25-28 als Weissagung für Jesu Auferweckung zitiert; s. auch Act 13,35); vgl. D. F. STRAUSS, Der alte und der neue Glaube (s. Anm. 11), S. 45-48. Ähnlich wie Strauß argumentieren: W. NESTLE, Die Krisis des Christentums. Ihre Ursachen, ihr Werden und ihre Bedeutung, Neudr. Aalen 1969 (= Stuttgart 1947), S. 512 f.; H. W. BOERS, Psalm 16 and the historical origin of the Christian faith, in: ZNW 60 (1969), S. 105-110; P. SCHÜNGEL, Die Kraft des Ursprungs. Ein Sachbuch zum Neuen Testament, Zürich / Basel 1992, S. 160 f. (mit Bezug auf Ps 118).

namentlich Frauen, und bei ganzen Versammlungen bis zur wirklichen Vision sich steigerten ...«[34]

Ob allerdings wirklich – wie Strauß meint – das Schriftstudium die Jünger zu Visionen hinriß, da bin ich mir nicht so sicher. Ausschließen kann man es aber nicht. Vielleicht war die Versenkung in die heiligen Schriften auch erst eine Folge des ekstatischen Erlebens. Immerhin muß festgehalten werden, daß der Schriftbeweis für Tod und Auferstehung des Messias Jesus im frühen Christentum eine nicht zu unterschätzende Rolle spielte. Bereits in der von Paulus in I Kor 15 zitierten Credoformel hieß es, daß Christus nicht nur für unsere Sünden »nach den Schriften« gestorben, sondern auch am dritten Tag »nach den Schriften« auferweckt worden sei. Darin dürfte Strauß Recht behalten, daß den Ostervisionen auf seiten der Jünger Reflexionsarbeit vorausging, was in jüngster Zeit wieder neu herausgestellt wird[35].

2.2. Gerd Lüdemann

Anders als Strauß kann sich rund 160 Jahre nach dessen erstem »Leben Jesu« der Göttinger Neutestamentler GERD LÜDEMANN (geb. 1946) bei seiner Deutung der Ostererscheinungen als subjektive Visionen auf die analytische Psychologie Carl Gustav Jungs und die Psychoanalyse Sigmund Freuds beziehen[36]. So stützt er sich bei der Erklärung der Damaskusvision des Paulus auf einen Artikel des Zürcher Psychoanalytikers und Pfarrers Oskar Pfister über »Die Entwicklung des Apostels

34 D. F. STRAUSS, Leben Jesu, kritisch II (s. Anm. 23), S. 659 f.

35 S.u. S. 79-81.

36 Vgl. neben G. LÜDEMANNS o. in Anm. 1 genanntem Auferstehungsbuch vor allem seinen Aufsatz: Psychologische Exegese oder: Die Bekehrung des Paulus und die Wende des Petrus in tiefenpsychologischer Perspektive, in: F. W. Horn (Hg.), Bilanz und Perspektiven gegenwärtiger Auslegung des Neuen Testaments (Symposion zum 65. Geburtstag von Georg Strecker) (BZNW 75), Berlin / New York 1995, S. 91-111; s. ferner G. LÜDEMANN, Zwischen Karfreitag und Ostern, in: H. Verweyen (Hg.), Osterglaube ohne Auferstehung? Diskussion mit Gerd Lüdemann (QD 155), Freiburg i.Br. / Basel / Wien ^{2}1995, S. 13-46; DERS., Die Auferstehung Jesu, in: A. Bommarius (Hg.), Fand die Auferstehung wirklich statt? Eine Diskussion mit Gerd Lüdemann, Düsseldorf / Bonn 1995, S. 11-29.

Paulus«[37], welcher die ausdrückliche Zustimmung Freuds erfuhr. (Es sei hier noch in Klammern angemerkt, daß es sich um denselben Oskar Pfister handelt, der mit Albert Schweitzer befreundet war und diesen dazu anregte, seine Kindheits- und Jugenderinnerungen niederzuschreiben[38].)

Im Gegensatz zu Eugen Drewermann schließen sich für Lüdemann historisch-kritische Exegese und die Fruchtbarmachung psychologischer oder tiefenpsychologischer Fragestellungen bei der Auslegung neutestamentlicher Texte nicht aus, vielmehr begreift er die tiefenpsychologische Exegese als Weiterführung der historischen Textanalyse[39]. Allerdings beschränkt Lüdemann die Anwendung von Psychologie bzw. Tiefenpsychologie für das Verständnis des Neuen Testaments auf die Person des Paulus; »denn er ist der einzige unter den neutestamentlichen Schriftstellern, über dessen Leben wir so weit informiert sind, daß der Versuch aussichtsreich erscheint, psychologisch bzw. tiefenpsychologisch nach den Vorgängen in seinem Bewußtsein oder Unbewußten zu fragen«[40]. Da aber über die Wende des Petrus vom Verleugner zum Bekenner ergiebiges Textmaterial vorliegt, kann darüber hinaus »auch seine Kehre von der Verleugnung Jesu zum Sehen Jesu tiefenpsychologisch behandelt werden«[41].

Wie Strauß geht auch Lüdemann davon aus, daß die Grundelemente der christlichen Predigt *Paulus* stark angesprochen haben. »Die Begegnung mit den Christen sowie mit ihrer Predigt und Praxis fand dabei nicht allein auf einer kognitiven, sondern zugleich und vor allem auf einer emotionalen und unbewußten Ebene statt ...«[42] Der springende Punkt nun ist nach Lüdemann, daß das, was Paulus unbewußt ersehnt hatte – nämlich die überzeugende Verwirklichung der von Gott gebotenen Liebe –, in einem anderen Menschen Realität geworden war. »Denn Pauli

37 O. PFISTER, Die Entwicklung des Apostels Paulus, in: Imago 6 (1920), S. 243-290.

38 Vgl. A. SCHWEITZER, Aus meinem Leben und Denken. Mit einem abschließenden Kapitel »Die weiteren Jahre« (1931-1965) von R. Grabs, Hamburg 1980, S. 169.

39 Vgl. G. LÜDEMANN, Psychologische Exegese (s. Anm. 36), S. 93.

40 A.a.O., S. 91.

41 A.a.O., S. 93.

42 A.a.O., S. 97.

Christusideal, erst durch die Predigt der von ihm Verfolgten aktuell zum Durchbruch gebracht, hatte eine Entsprechung im Wirken Jesu. Was Paulus für sich selbst durch ›untadeligen Wandel im Gesetz‹ ersehnte, war Realität geworden in einem Geächteten, Gekreuzigten, der ihm in bezug auf jüdisch-korrekte Gesetzesobservanz nicht das Wasser reichen konnte.«[43] Den bei ihm aufkommenden Zweifel an seiner eigenen Lebensanschauung und Lebenspraxis suchte er durch seinen religiösen Eifer zu unterdrücken, der auch vor der Verfolgung der Christen nicht haltmachte[44]. »Diese Zerrissenheit des Paulus zwischen seinen als Scheitern empfundenen eigenen Bemühungen und den ihm so offen vor Augen stehenden, seine eigene Sehnsucht verkörpernden Anhängern Jesu, entlud sich schließlich im sog. Damaskusereignis.«[45]

Eine wichtige exegetische Entscheidung für Lüdemanns Interpretation der von *Petrus* selbst erlebten Erscheinung Jesu besteht darin, daß er die Erzählung vom wunderbaren Fischfang in Lk 5,1-11 als eine ins Leben Jesu zurückprojizierte Ostergeschichte beurteilt. Dies schließt er zum einen aus der Parallele Joh 21,1-14, die von Jesu Erscheinung vor Petrus und sechs weiteren Jüngern am See Genezareth erzählt. Zum anderen führt ihn dazu die Beobachtung, daß das Schuldbekenntnis des Petrus im jetzigen Kontext von Lk 5,8 isoliert steht, dagegen bestens zur Verleugnungssituation paßt[46]. Somit erklärt sich Lüdemann Petri Vision wie folgt: »Für Petrus ist in der Dramatik der Karfreitags- und Verleugnungssituation die Welt zusammengebrochen. Zu Ostern ist dem erschütterten, trauernden Petrus trotz seiner Verleugnung Jesu und trotz dessen Tod das Wort Jesu, nämlich das Vergebungswort Jesu, noch einmal begegnet, er hat ihn ›gesehen‹.«[47] Zur Erklärung des Zustandekommens der Vision Petri führt Lüdemann Beispiele dafür an, daß Trauernde den verlorenen geliebten Menschen bildhaft vor sich sehen. Psychoanalytisch gedeutet heißt das, daß das Unbewußte sich

43 A.a.O., S. 105.

44 Vgl. a.a.O., S. 98.

45 A.a.O., S. 106.

46 Vgl. a.a.O., S. 107.

47 A.a.O., S. 108.

nicht mit dem Verlust einer geliebten Person abfinden kann und sich deshalb eine Scheinbefriedigung verschafft[48].

Wie bereits im Jahre 1940 EMANUEL HIRSCH beurteilt Lüdemann nur die Visionen des Paulus und des Petrus als originale Offenbarungen, während alle anderen Osteroffenbarungen von der Petrusvision »abhängige Offenbarungen« seien[49]. Damit lassen sich die in I Kor 15,5-7 berichteten Erscheinungen in einen Zusammenhang stellen, den Hirsch sehr eindrücklich vor Augen gemalt hat:

»(1) ... Petrus, der Jünger, der Jesus am nächsten gestanden hatte und sich am tiefsten von ihm geschieden hatte, gewinnt in Galiläa durch ... [ein] Gesicht die Gewißheit: Jesus sei von Gott aus des Todes Rachen zu seinem Thron entrückt und zum demnächst kommenden Herrn und Christus eingesetzt worden, und sei nun zu ihm gekommen, um ihn wieder als Jünger anzunehmen und zum Verkünder dieses ungeheuren Geschehnisses zu bestellen. (2) Er verkündigt diesen neugewonnenen Glauben den andern in die galiläischen Verhältnisse Zurückgekehrten aus Jesu Gefolge, und es begibt sich, daß er ihrer Zwölf in sein Erlebnis hineinreißt: sie sehen gemeinsam den Herrn, so daß Unglaube und Zweifel überwunden werden, und wissen sich nun als die Zwölf zu Sendboten Jesu als des kommenden Herrn und Christus bestellt. (3) Sie ziehn nun zusammen an den Ort, da der Christus nach jüdischer Überzeugung proklamiert werden muß, nach Jerusalem. Es kommt der Augenblick, wo trotz allem Widerstand der führenden jüdischen Kreise ihr Wort einschlägt: eine ganze Versammlung von fünfhundert Menschen wird in den Zustand der Verzückung im Geist hineingerissen und schaut den Herrn als gegenwärtig in ihrer Mitte. Die erste Gemeinde ist da. (4) Jetzt greift der Sturm des neuen Glaubens über auf einen der Brüder Jesu, die sich zu seinen Lebzeiten feindlich gegen ihn gestellt hatten, auf Jakobus: er wird vom Geiste ergriffen, schaut den Herrn und tritt als leitende Persönlichkeit neben die Zwölf. ... (5) Die Gemeinde, die sich so bildet, besteht zunächst in Jerusalem, wenn auch die zugezognen Galiläer in ihr die Führung haben. Es kommt aber der Augenblick, wo in ihr der Entschluß geboren wird, eine fliegende Mission durch das ganze jüdische Volk zu unternehmen und alle von der bevorstehenden Wiederkunft des Herrn und Christus zu unterrichten. Die Geburt dieses Entschlusses geschieht in einer vom Geiste ergriffnen Versammlung, in der ein ganzer Kreis von Männern den Herrn schaut und sich zu Aposteln, d. h. Sendboten bestellt weiß. ... Die fünf Erscheinungen dürfen als ein einziges stürmisches Geschehen aufgefaßt werden. So allein entspricht es auch ihrem Charakter als das gewöhnliche Bewußtsein

48 Vgl. a.a.O., S. 108-110; s. auch S. VOLLENWEIDER, Ostern (s. Anm. 19), S. 40-42.

49 A.a.O., S. 107.

überhöhenden und zersprengenden Erfahrungen. Erst die Christuserscheinung des Paulus ist etwas andres als ein Fortwirken des Erlebnisses des Petrus.«[50]

2.3. Ulrich B. Müller

Zwar nimmt der Saarbrücker Neutestamentler ULRICH B. MÜLLER (geb. 1938) die von Lüdemann durchgeführte psychodynamische Deutung der Ostererfahrungen vom Trauerprozeß her auf, vermeidet aber deren etwaige Schwachpunkte und stellt sie auf eine historisch solide Basis.

So rückt er davon ab, wie Hirsch und Lüdemann den Osterglauben allein aus der Ersterscheinung vor Petrus zu erklären[51]. Denn zum einen wird die anbetrachts der Kreuzigung Jesu erfolgte Rückkehr der Jünger nach Galiläa ein gemeinsamer Zug gewesen sein, weswegen sich auch ein gemeinsames Ostererlebnis der Jünger nahelege; und zum anderen müsse mit der Möglichkeit der Erscheinung vor Frauen und speziell der Protophanie vor Maria Magdalena (vgl. Joh 20,11-18; Mt 28,9 f.) gerechnet werden, deren Schilderungen im Laufe des Überlieferungsprozesses zurückgedrängt worden seien[52].

Vor allem aber bringt Müller zur Geltung, daß nach Jesu Tod unter dessen Anhängern ein Reflexionsprozeß im Lichte der Basileia-Botschaft ihres Meisters stattgefunden haben müsse, der in der Emmausgeschichte (Lk 24,13-35) eine gewiß legendarische, jedoch »kongenial anmutende Darstellung« gefunden habe[53]. Müller beruft sich dabei auf die von Leon Festinger entwickelte Theorie der »kognitiven Dissonanz«[54], gemäß der Menschen negative Ereignisse, unerfüllte Wünsche und Konflikte in eine »gedeutete Welt« zu integrieren suchen. Nicht allein Träume, sondern gerade auch Visionen setzen solche Interpretati-

50 E. HIRSCH, Osterglaube. Die Auferstehungsgeschichten und der christliche Glaube, hg. v. H. M. Müller, Tübingen 1988, S. 63 f.

51 Vgl. U. B. MÜLLER, Entstehung (s. Anm. 14), S. 20 f.

52 Vgl. ebd.

53 Vgl. a.a.O., S. 20 f.68.

54 Vgl. L. FESTINGER, Die Lehre von der »kognitiven Dissonanz«, in: W. Schramm (Hg.), Grundlagen der Kommunikationsforschung, München ^{2}1968, S. 27-38; DERS., Theorie der kognitiven Dissonanz, hg. v. M. Irle u. V. Möntmann, Bern / Stuttgart / Wien 1978 (von besonderem Interesse sind hier Festingers Ausführungen zu Endzeit-Bewegungen des 19. und 20. Jahrhunderts, S. 240-252).

onsarbeit fort[55]. »Letztere erscheinen in der Antike am ehesten da, wo gravierende Konflikte nach einer Lösung drängten, wo es auch um Reduktion ›kognitiver Dissonanzen‹ ging, weil menschliche Erwartungen durch die geschichtliche Entwicklung enttäuscht wurden und kognitive Einsichten helfen sollten, die Erfahrungswelt neu zu deuten.«[56]

Von hier aus vermag Müller historisch plausibel die Entstehung des Glaubens an die Auferstehung Jesu nachzuzeichnen:

»Im wahrsten Sinne grundlegend war die Neuheitserfahrung des Reiches Gottes, die die Jünger in und mit dem Wirken Jesu von Nazaret gemacht haben. Von fundamentaler Bedeutung war jener alle Negativität überwältigende Überschuß an Heilsgewinn, der in Jesu Worten und Taten zum Ausdruck kam [vgl. u.a. Mk 2,21 f. par.; Lk 10,9 par.; 10,18; 10,23 f. par.; 11,20 par.], insofern in ihnen Gottes eschatologischer Herrschaftsantritt Gestalt annahm, so sehr angesichts aller Widerstände und Zweideutigkeiten dieser Unheilswelt das Reich Gottes der Vollendung erst noch entgegenging. Immerhin konnte Jesus trotz der Gefahr seines gewaltsamen Todes der Vollendung der Gottesherrschaft gewiß sein (Mk 14,25).«[57] »Sicher wird gerade angesichts des grundlegenden Neuheitserlebnisses der Gottesherrschaft, die man in den Dämonenaustreibungen und Mahlgemeinschaften unmittelbar als Realität erfuhr, die Differenzerfahrung des Todes Jesu die Gefahr totaler Depression impliziert haben – als Ausdruck der Enttäuschung gleichwohl gehört es zum Kontingenzcharakter geschichtlicher Entwicklung, die historische Forschung nicht restlos aufklären kann, daß auch die gegenteilige Möglichkeit bestand. Die Jünger haben in der Tat jene andere Option gewählt, weil sie anscheinend noch immer ergriffen waren von der sich im Wirken des irdischen Jesus bereits realisierenden Herrschaftsmacht Gottes, der auch den Tod zu überwinden vermag.«[58] »Jesu Jünger haben ihre visionären Erfahrungen sprachlich mit der Deutungskategorie ›Gott hat ihn/Jesus von den Toten auferweckt‹ versehen. Die Möglichkeit, die Vorstellung der eschatologischen Totenauferweckung auf Jesus zu beziehen, ohne daß jüdischerseits die Vorwegnahme der eschatologischen Auferstehung eines einzelnen belegt ist, war nur dadurch gegeben und durch Jesu Verkündigung nahegelegt, daß die Individualisierung der Auferstehungshoffnung im Märtyrergedenken längst vorgeprägt war [vgl. II Makk 7,36; 12,43-45; 14,45 f.]. Den Jüngern konnte sich wohl im Blick auf Jesu Tod die Assoziation aufdrängen, daß Jesus den Märtyrertod gestorben (wie wohl Johannes der Täufer auch) und deshalb der himmlischen Auferstehung teilhaftig geworden ist. Davon nicht zu

55 Vgl. U. B. MÜLLER, Entstehung (s. Anm. 14), S. 68 f.

56 A.a.O., S. 69.

57 A.a.O., S. 69 f.

58 A.a.O., S. 45.

trennen ist auch die Interpretation mit Hilfe jener jüdischen Vorstellung, Jesus sei als leidender Gerechter [vgl. Jes 53; Weish 2,10-20; 5,1-7] getötet worden, aber durch Gott in himmlische Wirklichkeit entrückt und damit rehabilitiert [vgl. Weish 3,1-6; 4,7-19]. Beide Deutungsmuster sind in jüdischen Texten ... vermischt worden. ... Die eigentlich bedeutsame Implikation der Ostererfahrungen und damit die entscheidende Reduktion kognitiver Dissonanz lag aber in dem Vermögen der Jünger, Jesu originäre Leistung, sein eigenes punktuelles Wirken als Bestandteil der eschatologischen Durchsetzung der Gottesherrschaft zu begreifen, ihrerseits aufzunehmen und im Blick auf die Krisenerfahrung des Todes Jesu ganz neu zu aktivieren. Sie haben Jesu Todesgeschick als Märtyrer oder leidender Gerechter, dem himmlische Auferstehung bzw. Erlösung zukam, nicht als isoliertes oder vorbildlich modellhaftes Geschehen gesehen, sondern als eschatologisches Ereignis, nämlich als eschatologische Totenauferstehung, die eine Abfolge weiterer Endereignisse nach sich ziehen würde.«[59]

3. Einige Anmerkungen zur Psychologie der Vision

Strauß', Lüdemanns und Müllers Deutung der Erscheinungen Jesu als subjektive Visionen – wir können auch sagen: als visuelle Halluzinationen – wird bestätigt durch die neuere Halluzinationsforschung. Dabei wird der Begriff der Halluzination folgendermaßen umschrieben: »›Bei den Halluzinationen wird ... immer etwas gesehen, gehört, gerochen, geschmeckt, am Leib verspürt, was nicht da ist. ... Das ›nicht da‹ ist objektiv, vom Beobachter aus festgestellt, nicht vom Erlebenden‹.«[60]

»Unter den situativen Bedingungen, in denen ein erhöhtes Auftreten von Halluzinationen als empirisch gesichert betrachtet werden kann, spielen Streßsituationen bzw. kritische Lebensereignisse ... eine bedeutende Rolle. Als für die Entstehung von Halluzinationen besonders bedeutsame, akute Stressoren« werden in der Forschung »Trauer, Kummer, Isolation sowie lebensbedrohliche Situationen« hervorgehoben.

59 A.a.O., S. 70 f.

60 K. SCHNEIDER, Klinische Psychopathologie, Stuttgart [11]1976, S. 97; zit. nach: M. REICHARDT, Die psychologische Erklärung der Ostervisionen in der Exegese seit D. F. Strauß unter Berücksichtigung der Ergebnisse der gegenwärtigen Psychologie, Theol. Diplomarbeit Bamberg 1991, S. 209.

Nach einer Untersuchung aus dem Jahre 1971 »berichten 13,3% der Personen« einer »Stichprobe, die erst kürzlich ihren Lebenspartner verloren hatten, die Stimme desselben vernommen zu haben (akustische Halluzinationen)«. »Halluzinationen verstorbener Familienmitglieder« gehören »zum normalen Trauerritual der Hopi Indianer in Nordamerika«. Und eine Untersuchung von 1983 »beziffert die Rate visueller und akustischer Halluzinationen im Rahmen von Trauerreaktionen von Geschwistern und Eltern über den Tod verstorbener Kinder mit ungefähr 50%.«[61]

Es ist ohne weiteres einsichtig, daß die Situation der Jünger nach Jesu Kreuzestod durch eine Reihe von Halluzinationen begünstigenden Streßfaktoren bestimmt war: Trauer, Bedrohung des eigenen Lebensentwurfs, eventuell auch Angst um das eigene Leben. Ein durch die Apokalyptik bestimmtes religiöses Milieu in Palästina zur Zeit Jesu erleichterte sicherlich das Auftreten von Halluzinationen[62]. Dabei kann der von Jesus in den Jüngern geweckten Hoffnung auf die Vollendung der endzeitlichen Gottesherrschaft, die nach Jesu Urteil mit seinem Auftreten bereits begonnen habe, sich durchzusetzen, »eine suggestive, die Entstehung von Halluzinationen zumindest fördernde Wirkung zugeschrieben werden«[63].

4. Religionsgeschichtliche Parallelen zu den Ostertexten

Erscheinungen von Verstorbenen werden sowohl in der heidnischen Antike (z.B. die Erscheinung der toten Kreusa bei Vergil in der Aeneis[64] oder die Erscheinung der toten Demäneta bei Lukian in Philopseudes[65])[66] als auch im biblischen und frühjüdischen Überliefe-

61 M. REICHARDT, Erklärung, S. 199 f.

62 Vgl. a.a.O., S. 200.217.

63 S. a.a.O., S. 216 f.

64 Vergil, Aeneis II, 771-791.

65 Lukian, Philopseudes 27 f.

rungsbereich (z.B. die Erscheinung des Mose in der Verklärungsgeschichte der synoptischen Evangelien[67] oder die Vision der nach ihrem gewaltsamen Ende in den Himmel aufgenommenen Kinder Hiobs im Testament Hiobs[68]) berichtet.

Zwei Erscheinungen von ermordeten bzw. hingerichteten Männern, die uns aus der Kirchengeschichte bekannt sind, stellen m.E. aber die nächsten Analogien zu den Erscheinungen Jesu dar. Es handelt sich dabei um die Erscheinungen Thomas Beckets und Hieronymus Savonarolas.

Gegenüber dem englischen König Heinrich II. vertrat der Erzbischof von Canterbury *Thomas Becket* die Freiheit der Kirche. Als Heinrich einmal im Zorn über Beckets Verhalten einige unbedachte Worte äußerte, die vier Ritter als Befehl auffaßten, ihn zu töten, ermordeten diese den Erzbischof im Jahre 1170 in seiner Kathedrale[69]. Kurz darauf versicherte bald der eine, bald der andere seiner enthusiastischen Anhänger, der Erzbischof sei als Lebendiger erschienen und habe seine Wundmale gezeigt. Die Erscheinungen begannen in der ersten Nacht

66 Vgl. I. BROER, »Seid stets bereit, jedem Rede und Antwort zu stehen, der nach der Hoffnung fragt, die euch erfüllt« (1 Petr 3,15). Das leere Grab und die Erscheinungen Jesu im Lichte der historischen Kritik, in: ders. / J. Werbick (Hg.), »Der Herr ist wahrhaft auferstanden« (Lk 24,34). Biblische und systematische Beiträge zur Entstehung des Osterglaubens (SBS 134), Stuttgart 1988, S. (29-61) 54 f.; weitere antike religionsgeschichtliche Parallelen nennt H. BRAUN, Der Sinn der neutestamentlichen Christologie (1957), in: ders., Gesammelte Studien zum Neuen Testament und seiner Umwelt, Tübingen [3]1971, S. (243-282) 259 Anm. 46: Philostratos, Vita Apollonii VIII 31 (Apollonius von Tyana erscheint nach seiner Auffahrt zum Himmel vor einem jungen Mann, der die Unsterblichkeit der Seele bestritt, und überzeugt ihn davon); Lukian, De morte Peregrini 40 (ein alter Mann erzählt, er habe Peregrinos nach seiner Verbrennung in einem weißen Gewand und mit einem Olivenkranz auf dem Haupt heiter umhergehen gesehen); Plutarch, Romulus 28 (nach seiner Entrückung zu den Göttern – allerdings ohne vorausgehenden Tod – erscheint Romulus seinem Freund Proclus).

67 Vgl. Mk 9,2-8 parr.

68 Vgl. TestHiob 49,8-50,4.

69 Vgl. M. D. KNOWLES, Art. Becket, Thomas, in: RGG[3] 1, Tübingen 1957, Sp. 955.

nach dem Mord und hielten einige Monate an, bis die Königstreuen Buße leisteten[70].

Hieronymus Savonarola, der Reformator von Florenz, wurde 1498 mit Zustimmung der Kommissare Papst Alexanders VI. von seinen politischen Gegnern als Häretiker und Schismatiker zum Tode verurteilt[71]. Als er gehängt, verbrannt und seine Asche im Arno zerstreut war, soll er mehr als hundertmal lebendig erschienen sein. Und zwar immer bei solchen, die zu ihm in einem besonderen Verhältnis standen – seien es nun seine schmerzlich berührten Anhänger oder seine Gegner, die ein schlechtes Gewissen plagte. Im Dominikanerkloster San Marco, dessen Prior Savonarola gewesen war, und in dem von dort mitverwalteten Nonnenkloster Santa Lucia vernahm man seine Stimme, und 15 Nonnen ließen sich von ihm durch das Gitterfenster die geweihte Hostie reichen[72].

Hingewiesen sei aber auch noch auf die Darstellung des Martyriums des Apostels Paulus innerhalb der *Paulusakten*, einer gegen Ende des 2. Jahrhunderts verfaßten christlichen Erbauungsschrift[73]. Darin wird nicht nur erzählt, daß Paulus nach seiner Enthauptung als Auferstandener (!) Kaiser Nero erschienen sei[74], wie er es ihm vor seiner Hinrich-

70 Vgl. K. VON HASE, Geschichte Jesu. Nach akademischen Vorlesungen, Bd. 2 (GW IV,2), Leipzig ²1891, S. 747.

71 Vgl. V. VINAY, Art. Savonarola, Hieronymus, in: RGG³ 5, Tübingen 1961, Sp. 1379 f.

72 Vgl. K. v. HASE, Geschichte Jesu II (s. Anm. 70), S. 747 f.

73 W. SCHNEEMELCHER, Paulusakten, in: ders. (Hg.), Neutestamentliche Apokryphen in deutscher Übersetzung, Bd. II: Apostolisches, Apokalypsen und Verwandtes, Tübingen ⁵1989, S. 193-243 (Textausgaben: a.a.O., S. 193 f.). – Den Textzitaten in den folgenden Anmerkungen liegt die Übersetzung von W. Schneemelcher zugrunde; für den griechischen Text wurde benutzt: R. A. LIPSIUS (Hg.), Acta Apostolorum Apocrypha, Bd. I, Leipzig 1891, S. 104-117.

74 »... kam Paulus um die neunte Stunde, während viele Philosophen und der Centurio bei dem Kaiser standen, und trat vor alle hin und sprach: ›Kaiser, da bin ich, Paulus, der Streiter Gottes; ich bin nicht gestorben, sondern ich lebe meinem Gott [οὐκ ἀπέθανον, ἀλλὰ ζῶ ἐν τῷ θεῷ μου]. Dir aber wird viel Übles und schwere Strafe widerfahren, du Elender, weil du der Gerechten Blut ungerechterweise vergossen hast, nicht lange nach diesen

tung bereits angekündigt habe[75], sondern auch, daß der Präfekt Longus und der Centurio Cestus Paulus lebendig an seinem eigenen Grab gesehen hätten[76]. Wenn auch die in den Paulusakten mitgeteilten Erscheinungen keinen geschichtlichen Anhalt haben, so darf doch als bemerkenswert festgehalten werden: Zum einen sind im frühen Christentum nach dem Tod erfolgende Erscheinungen nicht nur Jesus vorbehalten, zum anderen begegnet der getötete Paulus gleich seinem Herrn als Auferstandener und nicht etwa lediglich sein Geist. Die *Petrusakten* – wenige Jahre vor den Paulusakten geschrieben – wissen ferner von einer Erscheinung des Petrus nach dessen Kreuzestod zu berichten[77].

Was folgt nun aus den religionsgeschichtlichen Parallelen zu den neutestamentlichen Ostertexten? Aufgrund des Prinzips der Analogie, das für die historisch-kritische Methode konstitutiv ist, wird man mit INGO BROER folgenden Schluß ziehen:

»Historische, d.h. vergleichende Betrachtung kann bei der Analyse der neutestamentlichen Geschichten, die von Jesu Auferstehung handeln,

Tagen!‹ Und nachdem Paulus dies gesagt hatte, ging er von ihm weg.« (ActPaul 11,6)

75 »... Paulus aber sprach: ›Kaiser, nicht nur für eine kurze Zeit lebe ich meinem Könige! Und wenn du mich enthaupten läßt, werde ich folgendes tun: ich werde auferstehen und dir erscheinen [ἐγερθεὶς ἐμφανήσομαί σοι] (als Beweis dafür), daß ich nicht gestorben bin, sondern meinem Herrn Jesus Christus lebe, der da kommt, zu richten den Erdkreis.« (ActPaul 11,4)

76 »Und Longus und der Centurio Cestus machten sich, wie Paulus angeordnet hatte, in der Morgenfrühe auf und kamen voll Furcht zum Grab des Paulus. Als sie aber hinzutraten, sahen sie zwei Männer im Gebet und in ihrer Mitte Paulus, so daß sie beim Anblick des unglaublichen Wunders vor Schrecken außer sich gerieten, während Titus und Lukas, als sie Longus und Cestus auf sich zukommen sahen, von menschlicher Furcht ergriffen, sich zur Flucht wandten, worauf diese ihnen nachliefen und ihnen zuriefen: ›Wir verfolgen euch nicht, um euch zu töten, wie ihr wähnt, ihr seligen Männer Gottes, sondern um zu leben, damit ihr uns gebt, wie uns Paulus verheißen hat, den wir eben mitten unter euch im Gebet stehen sahen.‹ Und als Titus und Lukas das von ihnen gehört hatten, gaben sie ihnen mit großer Freude das Siegel im Herrn [d.h. die Taufe] und priesen den Gott und Vater unseres Herrn Jesu Christi, dem sei Ehre in Ewigkeit. Amen.« (ActPaul 11,7)

77 Vgl. ActPetr 40 (11).

von den außerneutestamentlichen Geschichten, die ähnliche Motive enthalten, nicht absehen und – wenn wirkliche Vergleichbarkeit gegeben ist – muß sie von der Selbigkeit oder zumindest Ähnlichkeit der zugrundeliegenden Phänomene ausgehen. Sind solche Phänomene in der Neuzeit nicht erkennbar, wird man nach anderen Erklärungsmöglichkeiten als der der Historizität des Geschilderten suchen müssen.«[78] Der Historiker muß »davon ausgehen, daß es sich um subjektive Phänomene gehandelt hat«[79].

5. Ertrag und Ausblick

Die historisch-kritische Analyse der neutestamentlichen Ostertexte ergab, daß die Geschichten vom leeren Grab und von den Erscheinungen des Auferstandenen späte Gemeindebildungen sind. Da Paulus sein Damaskuserlebnis mit den Erfahrungen der übrigen Osterzeugen auf eine Stufe stellt, müssen sämtliche Erscheinungen Jesu als Visionen beurteilt werden.

Tiefenpsychologische Exegese, Halluzinationsforschung sowie die angeführten religionsgeschichtlichen Parallelen legen es nahe, von subjektiven Visionen zu sprechen.

ALBERT SCHWEITZER urteilt daher völlig richtig über DAVID FRIEDRICH STRAUSS' Werk »Das Leben Jesu, kritisch bearbeitet« – gerade im Blick auf Strauß' Ausführungen zu Tod und Auferstehung Jesu –, wenn Schweitzer in der »Geschichte der Leben-Jesu-Forschung« schreibt: »Diese Abschnitte sind weit entfernt, ihre Bedeutung inzwischen verloren zu haben. Sie haben das Terrain geschaffen, auf dem die heutige Forschung sich bewegt, und enthalten die Totenscheine einer Reihe von Erklärungen, die auf den ersten Augenblick ganz lebensfähig erscheinen und es doch nicht sind. Wenn sie noch heute in der Theologie umgehen, tun sie es als Gespenster, die man durch den

78 I. BROER, »Der Herr ist wahrhaft auferstanden« (Lk 24,34). Auferstehung Jesu und historisch-kritische Methode. Erwägungen zur Entstehung des Osterglaubens, in: L. Oberlinner (Hg.), Auferstehung Jesu – Auferstehung der Christen. Deutungen des Osterglaubens (QD 105), Freiburg i.Br. / Basel / Wien 1986, S. (39-62) 56.

79 A.a.O., S. 55.

bloßen Namen David Friedrich Strauß in die Flucht zu treiben vermag, und die sich überhaupt nicht mehr zeigen könnten, wenn diejenigen Theologen, die auf das Leben-Jesu von 1835 als auf ein überwundenes Buch zurückblicken, sich die Mühe gäben, es zu lesen.«[80] »Strauß ist nicht nur ein Zerstörer unhaltbarer Lösungen, sondern auch der Prophet einer kommenden Wissenschaft.«[81]

Wenn aber Kreuz und Auferstehung nicht mehr das *eine* große Heilsereignis darstellen, so werden wir ganz auf die *geschichtliche Person Jesu* geworfen. Ob Jesus für uns lebendig ist oder uns lediglich als eine Größe der Vergangenheit erscheint, entscheidet sich daran, ob uns seine Worte und sein Verhalten überzeugen, uns umtreiben und uns den Weg ins Leben weisen. »Als ein Unbekannter und Namenloser kommt er zu uns, wie er am Gestade des Sees an jene Männer, die nicht wußten, wer er war, herantrat. Er sagt dasselbe Wort: Du aber folge mir nach! und stellt uns vor die Aufgaben, die er in unserer Zeit lösen muß.«[82]

80 A. SCHWEITZER, Geschichte der Leben-Jesu-Forschung (UTB 1302), Tübingen ^{9}1984 (^{2}1913), S. 120 f.

81 A.a.O., S. 131.

82 A.a.O., S. 630.

IV

Heiliger Geist – Geist Gottes – Jesu Geist
Geisterfahrungen im frühen Christentum*

Mit Pfingsten verbinden wir zu allererst die Erzählung vom Pfingstwunder aus der Apostelgeschichte. Obwohl auch sonst im Neuen Testament auf mannigfache und vielfältige Art und Weise vom heiligen Geist die Rede ist, betrachten wir diese Pfingstwundererzählung als die maßgebliche Festlegende schlechthin. Und wir tun das aus gutem Grund, reicht doch die Pfingstgeschichte bis in die frühesten Anfänge des Christentums zurück. Ich möchte daher bei meinen Ausführungen zum neutestamentlichen Zeugnis vom heiligen Geist mit Act 2,1-13 beginnen.

1. Das Pfingstereignis

Vergegenwärtigen wir uns zunächst diesen Text anhand der uns vertrauten Übersetzung der Lutherbibel:

»Und als der Pfingsttag gekommen war, waren sie alle an *einem* Ort beieinander. Und es geschah plötzlich ein Brausen vom Himmel wie von einem gewaltigen Wind und erfüllte das ganze Haus, in dem sie saßen. Und es erschienen ihnen Zungen zerteilt, wie von Feuer; und er setzte sich auf einen jeden von ihnen, und sie wurden alle erfüllt von dem heiligen Geist und fingen an, zu predigen in andern Sprachen, wie der Geist ihnen gab auszusprechen. Es wohnten aber in Jerusalem Juden, die waren gottesfürchtige Männer aus allen

* Erweiterte Fassung eines Vortrags, der am 15. März 1997 im Rahmen der »Internationalen Seminartage« in Günsbach/Elsaß gehalten wurde. Diese standen unter dem Thema »Heiliger Geist – Geist des Lebens – Geist der Wahrheit. Die Rede vom Geist in der gegenwärtigen theologischen Diskussion und im Gedankengut Albert Schweitzers«.

Völkern unter dem Himmel. Als nun dieses Brausen geschah, kam die Menge zusammen und wurde bestürzt; denn ein jeder hörte sie in seiner eigenen Sprache reden. Sie entsetzten sich aber, verwunderten sich und sprachen: Siehe, sind nicht diese alle, die da reden, aus Galiläa? Wie hören wir denn jeder seine eigene Muttersprache? Parther und Meder und Elamiter und die wir wohnen in Mesopotamien und Judäa, Kappadozien, Pontus und der Provinz Asien, Phrygien und Pamphylien, Ägypten und der Gegend von Kyrene in Libyen und Einwanderer aus Rom, Juden und Judengenossen, Kreter und Araber: wir hören sie in unsern Sprachen von den großen Taten Gottes reden. Sie entsetzten sich aber alle und wurden ratlos und sprachen einer zu dem andern: Was will das werden? Andere aber hatten ihren Spott und sprachen: Sie sind voll von süßem Wein.«[1]

Den Verfasser des Doppelwerks von Lukasevangelium und Apostelgeschichte und damit auch dieser Erzählung nennen wir der Einfachheit halber mit der altkirchlichen Überlieferung Lukas, auch wenn uns sein Name in Wahrheit unbekannt ist. Dieser Lukas begreift die von ihm hier geschilderte Geistesausgießung als Erfüllung der Zusage des auferstandenen Jesus, die er nach Lukas' Darstellung vor seiner Himmelfahrt seinen Jüngern gab. Sie sollten Jerusalem nicht verlassen, sondern auf die »Verheißung des Vaters« warten; denn so habe er zu ihnen gesprochen: »Ihr werdet die Kraft des heiligen Geistes empfangen, der auf euch kommen wird ... Johannes hat mit Wasser getauft, ihr aber sollt mit dem heiligen Geist getauft werden nicht lange nach diesen Tagen.«[2]

Was sich am 50. Tag nach Jesu Todespassah in Jerusalem unter der Anhängerschaft des Nazareners ereignet hat, stellt Lukas als Sprachenwunder dar: Juden und zum Judentum Übergetretene aus aller Welt hören die vom Geist Ergriffenen je in ihrer eigenen Landessprache die »großen Taten Gottes« rühmen. Dabei ist der Kreis der Geistbewegten nicht auf die Zwölf beschränkt; bei der vorausgegangenen Nachwahl des Matthias zum Apostel anstelle des Judas Ischarioth wird eine Zahl von 120 Personen genannt[3].

Es ist aber die Frage, ob in der von Lukas aufgegriffenen Überlieferung ursprünglich die Mitteilung eines Sprachenwunders überhaupt beabsichtigt war. So befremdet der am Ende unseres Textes erhobene Vor-

1 Das Neue Testament nach der Übersetzung Martin Luthers. Revidierter Text 1984, Stuttgart 1984.

2 Act 1,8.5.

3 Act 1,15; vgl. πάντες [»alle«] in 2,1.

wurf, die Jüngerinnen und Jünger wären voll des süßen Weins. Ein Mensch, der betrunken ist, lallt unverständliche Laute, kann aber ganz sicher nicht verständlich in Fremdsprachen reden. Hinzu kommt, daß der Ausdruck λαλεῖν ἑτέραις γλώσσαις [»Reden in anderen Zungen«] (V. 4) nicht eindeutig ist. Man wird wohl annehmen müssen, daß das Wort ἑτέραις ein späterer, redaktioneller Zusatz ist. Scheidet man ihn aus, bleibt die Wendung »Reden in Zungen«. Ist diese Wendung tatsächlich ursprünglich, dann ging es anfangs bei der hier verarbeiteten Pfingstüberlieferung um die ekstatische Erscheinung der Zungenrede. Entsprechend dem griechischen Ausdruck λαλεῖν γλώσσαις (γλώσση) wird sie auch Glossolalie genannt. Zu einer solchen Erscheinung des »Redens in Zungen« würde dann auch der Vorwurf der Weinseligkeit passen (zu Act 2,13 vgl. I Kor 14,21); denn ein Reden in Zungen ist meist unverständlich. Letztendlich verdankt sich die Einfügung der sogenannten Völkerliste (V. 9-11a) ebenfalls der Umdeutung einer Glossolalie in ein Sprachenwunder[4].

Was hat es aber mit solcher Zungenrede auf sich? Zunächst ist festzuhalten, daß es sich bei dem Jerusalemer Pfingstgeschehen um keine völlig einzigartige Erscheinung im frühen Christentum handelt. Die Apostelgeschichte berichtet an anderer Stelle ausdrücklich von Glossolalie: im Zusammenhang der Bekehrung des römischen Hauptmanns Cornelius und seines Hauses[5] sowie im Gefolge der Taufe der zwölf Johannesjünger in Ephesus durch Paulus[6]. Dieser selbst kommt im 14. Kapitel seines 1. Korintherbriefs ausführlich auf die Geistesgabe der Zungenrede zu sprechen[7].

Bei der Zungenrede handelt es sich um eine Ausdrucksform religiöser Verzückung, in der der Mensch außer sich gerät und nicht mehr bei sich selbst ist. FRIEDRICH HEILER definiert Glossolalie als »ein ›Zwangsreden‹, [ein] automatisches Reden aus dem religiösen Enthusiasmus

4 Damit sei nicht bestritten, daß Glossolale auch einzelne Wörter, Silbenstrukturen und Phonemkombinationen aus anderen Sprachen aufnehmen, die sie zwar einmal gehört haben, jedoch selbst nicht beherrschen (vgl. N. S. HOLM, Das Zungenreden bei Anhängern der Pfingstbewegung im schwedischsprachigen Gebiet Finnlands, in: ARPs 13 [1978], S. [224-238] 231.234).

5 Act 10,46 f.

6 Act 19,6.

7 I Kor 14,1-32; vgl. auch 12,10; 13,1.

heraus, ohne Möglichkeit einer Kontrolle durch das verstandesmäßige Denken«[8]. »Dabei kommen unartikulierte Einzellaute, sinnlose Lautverbindungen, aber auch richtige Wörter und Wortverbindungen zu stande.«[9]

Die Glossolalie, wie sie uns im frühen Christentum begegnet, »war verbunden mit einem gewaltigen Aufflammen des Affekts, der ihre Grundlage bildete, besonders des religiösen Erlösungs- und Freiheitsgefühls, welches seine Richtung im Dank auf Gott hin nimmt«[10] – sei es als Gebet oder Lied (vgl. I Kor 14,14-16). Solche Zungenrede faßte man im Rahmen des damaligen Weltbildes als Engelssprache auf – und das nicht erst seit Paulus[11], sondern bereits im antiken Judentum, das offenbar diese Erscheinung ebenfalls kannte. So wird im Testament Hiobs, einer recht phantasievollen jüdischen Auslegung des Hiobbuches, erzählt, daß Hiob vor seinem Tod an seine drei Töchter Hemera, Kasia und Amalthea drei bunte Gürtel vererbt. Gegenüber dem sonstigen Vermögen Hiobs, das an seine sieben Söhne verteilt wird, ist der Wert dieser drei Gürtel unvergleichlich größer. Jene scheinbar nutzlosen Gürtel schenken nämlich ihren Trägerinnen ewiges Leben. Werden die Gürtel angelegt, beginnen die Beschenkten in der Sprache der Engel zu reden:

»Und so erhob sich denn die eine, die Hemera hieß, und legte sich den Gürtel um, wie es der Vater sagte. Und sie erhielt ein andres Herz, so daß sie gar nicht mehr ans Irdische dachte. Sie redete in Engelssprache und schickt[e] nach Engelsart ein Lied zu Gott empor. Und diese Lieder, die sie sang, ließ dann der Geist an ihrem Kleid sich ausprägen.«[12]

Entsprechendes wird auch von den beiden anderen Töchtern Hiobs gesagt.

8 F. HEILER, Erscheinungsformen und Wesen der Religion (RM 1), Stuttgart 1961, S. 274.

9 H. WEINEL, Die Wirkungen des Geistes und der Geister im nachapostolischen Zeitalter bis auf Irenäus, Freiburg i.Br. / Leipzig / Tübingen 1899, S. 72.

10 Ebd.

11 Vgl. I Kor 13,1.

12 TestHiob 48; zit. nach: P. RIESSLER, Altjüdisches Schrifttum außerhalb der Bibel, Freiburg i.Br. / Heidelberg 1928 (^{5}1984), S. 1132.

Das der Pfingstgeschichte zugrunde liegende glossolale Geschehen, das von einer größeren Personengruppe erlebt wurde, hat offenbar neben Act 2 noch einen weiteren literarischen Niederschlag gefunden. Paulus nennt nämlich bei seiner Auflistung der ihm bekannten Osterzeugen in I Kor 15,5-9 auch »mehr als 500 Brüder«, denen Christus als Auferstandener erschienen sei. Die Hypothese, daß diese österliche Erscheinung mit dem Pfingstereignis zu identifizieren sei, hat meines Wissens erstmals im Jahr 1838 CHRISTIAN HERMANN WEISSE[13] vertreten; sie wurde um die Jahrhundertwende durch ERNST VON DOBSCHÜTZ[14] erneuert und in unseren Tagen nochmals von dem Göttinger Neutestamentler GERD LÜDEMANN[15] überzeugend begründet.

Nun könnten gegen diese Hypothese die beiden folgenden Einwände erhoben werden: Erstens ist mit der Himmelfahrt Jesu die Zeit der Erscheinungen des Auferstandenen abgeschlossen; zweitens sind diese Erscheinungen klar zu unterscheiden von geistgewirkten Erlebnissen.

Zum ersten Einwand: Die Beschränkung der Erscheinungen des Auferstandenen auf die 40 Tage nach Ostern, wie sie durch Act 1,3 Eigentum der Kirche geworden ist und mit dem seit dem 4. Jahrhundert begangenen Himmelfahrtsfest bekräftigt wurde, entspringt einer Theorie des Lukas, die keinen geschichtlichen Anhalt hat. Mit dieser Theorie ging es Lukas darum, die Leiblichkeit des auferstandenen Herrn gegen jegliche Vergeistigung abzusichern. Dagegen ereignete sich die Berufung des Paulus, der sich ja in I Kor 15,8 selbst als Osterzeuge nennt, erst

13 CH. H. WEISSE, Die evangelische Geschichte kritisch und philosophisch bearbeitet, Bd. II, Leipzig 1838, S. 416-420.

14 E. VON DOBSCHÜTZ, Ostern und Pfingsten. Eine Studie zu I Korinther 15, Leipzig 1903, S. 31-43; s. auch den forschungsgeschichtlichen Überblick bei S. MACLEAN GILMOUR, The Christophany to More than Five Hundred Brethren, in: JBL 80 (1961), S. 248-252 (dt. Übers.: Die Christophanie vor mehr als fünfhundert Brüdern, in: P. Hoffmann [Hg.], Zur neutestamentlichen Überlieferung von der Auferstehung Jesu [WdF 522], Darmstadt 1988, S. 133-138) sowie DERS., Easter and Pentecost, in: JBL 81 (1962), S. 62-66; DERS., The Evidence for Easter, in: ANQ.NS 5, Nr. 4 (March 1965), S. 7-23; DERS., The Theology and Psychology of the Easter Faith, in: ANQ.NS 5, Nr. 4 (March 1965), S. 24-40. Kritisch dagegen C. FREEMAN SLEEPER, Pentecost and Resurrection, in: JBL 84 (1965), S. 389-399.

15 G. LÜDEMANN, Die Auferstehung Jesu. Historie, Erfahrung, Theologie, Göttingen 1994, S. 129-139.

etwa zwei Jahre nach der Kreuzigung Jesu. Darüber hinaus kennt der Apostel noch weitere »Offenbarungen des Herrn«[16], die er terminologisch gerade nicht von seinem Damaskuswiderfahrnis abhebt[17].

Zum zweiten Einwand: Die Behauptung, daß die österlichen Christuserscheinungen nichts mit Geisterfahrungen zu tun hätten, läßt sich ebenfalls nicht aufrecht erhalten. In Joh 20,22 nämlich haucht der auferstandene Herr die elf Jünger an und vermittelt ihnen dadurch den heiligen Geist. Ferner bringt Paulus Christus als den Herrn und den Geist in eine denkbar enge Beziehung. So stellt Paulus in Röm 8,10 f. die Aussage, daß Christus in den angesprochenen römischen Christen wohne, neben diejenige, daß der Geist, der Jesus von den Toten auferweckt hat, in ihnen wohne. In I Kor 15,45 wird Christus, der »letzte Adam«, im Gegensatz zum ersten Menschen als »lebendigmachender Geist« bezeichnet. Und da der Geschichtskonstruktion des Lukas gemäß nach der Himmelfahrt Jesu keine Christuserscheinungen mehr stattfinden, versteht es sich von selbst, daß die Pfingstgeschichte nichts von einer Ostererfahrung erkennen läßt. Hält sich doch der Auferstandene nach seiner Auffahrt zur Rechten Gottes im Himmel auf und wird in seiner verklärten Leiblichkeit erst bei seiner Wiederkunft am Ende der Tage auf der Erde erscheinen[18].

Wie können wir aber das Pfingstgeschehen, die Christuserscheinung vor »mehr als 500 Brüdern auf einmal«, psychologisch deuten? Ich nehme an, genauso wie GERD LÜDEMANN, daß es sich hierbei um eine »Massenekstase«[19] gehandelt hat. Lüdemann kann sich in seinem Urteil auf EDUARD LOHSE beziehen, der sich folgendermaßen äußert: »Nur soviel läßt sich mit hoher Wahrscheinlichkeit sagen, daß Lukas eine Tradition vom ersten Auftreten einer geistgewirkten Massenekstase in Jerusalem verwertet haben wird.«[20] Allerdings vermeidet es Lohse, das Pfingstereignis mit der Christuserscheinung vor »mehr als 500 Brüdern« gleichzusetzen[21]. So gelingt es ihm, die Beurteilung der Erschei-

16 II Kor 12,1; vgl. auch Act 22,17-21.

17 Vgl. Gal 1,16.

18 Vgl. Act 1,11; 3,21; 7,55 f.

19 G. LÜDEMANN, Auferstehung Jesu (s. Anm. 15), S. 138.

20 E. LOHSE, Art. πεντηκοστή, in: ThWNT 6, Stuttgart 1959, S. (44-53) 51,12-14.

21 Vgl. a.a.O., S. 51 f. Anm. 51.

nungen des Auferstandenen als subjektiver Visionen zu vermeiden, d.h. als Visionen, die auf innerseelischen Vorgängen, nicht jedoch auf einem Eingreifen Gottes beruhen.

Wie man sich den Ablauf einer solchen Massenekstase vorzustellen hat, beschreibt GUSTAV LE BON in seinem Werk »Psychologie der Massen« anschaulich anhand des folgenden Beispiels:

»Bevor der heilige Georg allen Kreuzfahrern auf den Mauern von Jerusalem erschien, war er sicher zuerst nur von einem von ihnen wahrgenommen worden. Durch Beeinflussung und Übertragung wurde das gemeldete Wunder sofort von allen angenommen. So vollzieht sich der Vorgang von Kollektivhalluzinationen, die in der Geschichte so häufig sind und klassische Merkmale der Echtheit zu haben scheinen, da es sich hier um Erscheinungen handelt, die von Tausenden von Menschen festgestellt wurden.«[22]

Ähnlich können wir auch das Pfingstgeschehen verstehen: Zuerst Petrus und dann in seinem Gefolge auch der Zwölferkreis als solcher hatten in Galiläa, wohin sie nach Karfreitag zurückgekehrt waren, den gekreuzigten Jesus lebendig gesehen. Beim nächsten Wallfahrtsfest in Jerusalem, dem jüdischen Wochenfest oder Pfingstfest, bei dem viele Festpilger in die heilige Stadt zogen, erzählten sie einander von diesem Erlebnis. »Diese Predigt und allgemein vorhandene Erinnerungen an Jesus führten förmlich zu einem religiösen Rausch und einer Begeisterung, die als Gegenwart Jesu erfahren wurde, und zwar als Präsenz des Auferstandenen, wie ihn bereits Petrus gesehen hatte. Die Erscheinung vor den ›mehr als 500‹, bei der auch bisherige Visionsempfänger anwesend waren, bündelte und bestätigte alle bisherigen Erscheinungen und verlieh der Gruppe damit einen Kraftschub ohnegleichen.«[23]

Auch wenn die uns in unmittelbarem Anschluß an die Pfingstgeschichte überlieferte Pfingstpredigt des Petrus ein schriftstellerisches Werk des Lukas ist, so dürfte darin doch zutreffend festgehalten sein, daß die Anhänger Jesu das Ergriffenwerden von »mehr als 500« durch den Geist als endzeitliches Ereignis gedeutet haben, als Erfüllung der Weissagung des Propheten Joel:

»Und es wird geschehen in den letzten Tagen – spricht Gott – da werde ich ausgießen von meinem Geist über alles Fleisch, und eure Söhne und eure

22 G. LE BON, Psychologie der Massen. Mit einer Einführung von W. Moede (Kröners Taschenausgabe, Bd. 99), Leipzig ^{5}1932 (= ^{1}1911), S. 26 f.; vgl. dazu auch G. LÜDEMANN, Auferstehung Jesu (s. Anm. 15), S. 136 f.

23 G. LÜDEMANN, Auferstehung Jesu, S. 138.

Töchter werden weissagen, und eure jungen Männer werden Gesichte sehen, und eure Greise werden Träume träumen. Ja, auch über meine Knechte und über meine Mägde werde ich in jenen Tagen von meinem Geist ausgießen, und sie werden weissagen. Und ich werde Wunder tun oben am Himmel und Zeichen unten auf der Erde, Blut und Feuer und Rauchqualm. Die Sonne wird sich in Finsternis verwandeln und der Mond in Blut, ehe der große und herrliche Tag des Herrn kommt. Und es wird geschehen: Jeder, der den Namen des Herrn anruft, wird gerettet werden.«[24]

Daß man das Pfingstwunder in genau dieser Weise deutete, ist nur allzu verständlich; schließlich bildete das Kommen der endzeitlichen Gottesherrschaft den Mittelpunkt von Jesu Botschaft und Wirken. Dabei lehrte Jesus nicht nur, daß diese Herrschaft Gottes nahe herbeigekommen sei, sondern, daß sie auch bereits begonnen habe sich durchzusetzen und ihre völlige Verwirklichung kurz bevorstehe. Deutlich zu erkennen ist solche Endzeithoffnung Jesu in seinen Worten beim letzten Mahl mit seinen Jüngern: »Amen, ich sage euch: Ich werde vom Gewächs des Weinstocks nicht mehr trinken bis zu jenem Tag, wo ich es neu trinken werde im Reich Gottes.«[25] So ist es auch nur zu gut zu verstehen, daß auch die Jünger ihre Ostervisionen dann so verstanden, daß Gott Jesus von den Toten auferweckt und damit die für die Endzeit erwartete Totenauferstehung begonnen habe. Demgemäß bezeichnet Paulus den auferstandenen Christus als den »Erstling der Entschlafenen«, der die Reihe derer anführt, die noch auf die Auferweckung warten. Ebenfalls ein Akt im Zuge des Endzeitdramas, das darin zum Ziel kommen wird, daß Gott alles in allem sein wird, wie es Paulus in I Kor 15,28 ausdrückt, ist nun wiederum die Ausgießung des heiligen Geistes. So erwartete auch das rabbinische Judentum die Rückkehr des heiligen Geistes für die Endzeit. Dessen Wirksamkeit hatte man mit der Zerstörung des ersten Tempels 586 v. Chr. für beendet betrachtet. Heiliger Geist könne ja nur dort wirken, wo die Schekhinah Gottes, d.h. seine Gegenwart, wohne[26]; und wenn der Tempel zerstört sei, höre auch die Wirksamkeit des Geistes auf. Folglich gilt die Zeit nach dem ersten Tempel zugleich als prophetenlose Zeit, haben sich doch die Propheten laut syrBar 85,3 »schlafen gelegt«. Wenn Gott einst wieder bei seinem Volk

24 Act 2,17-21; s. Joel 3,1-5a.

25 Mk 14,25.

26 Vgl. P. SCHÄFER, Art. Geist / Heiliger Geist / Geistesgaben II. Judentum, in: TRE 12, Berlin / New York 1984, S. (173-178) 175,34-176,23.

wohnen würde, dann würde auch der heilige Geist wieder unter den Menschen wirken.

2. Geisterfahrungen im frühen Christentum

»Längst bevor der Geist Gegenstand der Lehre war, war er für die Gemeinde erfahrene Tatsache.«[27] Mit diesem richtungweisenden Satz beginnt EDUARD SCHWEIZER seinen materialreichen Wörterbuchartikel über Geist im Neuen Testament. Damit bringt er zu Recht die Einsicht zur Geltung, daß die Anfänge des frühen Christentums nicht von irgendwelchen Lehraussagen oder Spekulationen über den heiligen Geist geprägt wurden, sondern vielmehr von religiösen Erfahrungen und Erlebnissen, die man als Wirkungen des Geistes begriff. Freilich handelt es sich hier nicht um von der religiösen Umwelt isolierte Erfahrungen; vielmehr bestehen durchaus Verbindungen zu ähnlichen Phänomenen im zeitgenössischen Judentum und Hellenismus, so daß es möglich war, an vorgegebene Geistvorstellungen anzuknüpfen.

2.1. Zungenrede

Die Zungenrede[28] ist eines der wohl auffälligsten Phänomene, die der Wirksamkeit des heiligen Geistes zugeschrieben werden. In der Analy-

27 E. SCHWEIZER, Art. πνεῦμα, πνευματικός κτλ. E. Das Neue Testament, in: ThWNT 6, Stuttgart 1959, S. (394-449) 394,7 f. – Nicht überzeugen konnte mich der von F. W. HORN vertretene Ansatz in seiner Habilitationsschrift: Das Angeld des Geistes. Studien zur paulinischen Pneumatologie (FRLANT 154), Göttingen 1992; zur Kritik vgl. die Besprechung durch S. VOLLENWEIDER, in: ThLZ 120 (1995), Sp. 147-150.

28 Zum Phänomen der Zungenrede vgl. P. FEINE, Art. Zungenreden, in: RE[3] 21, Leipzig 1908, S. 749-759; E. MOSIMAN, Das Zungenreden geschichtlich und psychologisch untersucht, Tübingen 1911; O. PFISTER, Die psychologische Enträtselung der religiösen Glossolalie und der automatischen Kryptographie, in: Jahrbuch für psychoanalytische und psychopathologische Forschungen, Bd. 3, Leipzig / Wien 1912, S. 427-468.730-794; H. RUST, Das Zungenreden. Eine Studie zur kritischen Religionspsychologie (Grenzfragen des Nerven- und Seelenlebens, H. 118), München 1924; L. M. VIVIER-VAN ETVELDT, Glossolalie, Diss. Johannesburg 1960; M. T.

se der Pfingstgeschichte hatten wir uns damit ja bereits näher befaßt. Es gibt aber darüber hinaus noch weiteres Interessantes zu diesem Phänomen anzumerken: Glossolalie hat es bereits im Heidentum gegeben – man denke nur an das Gestammel der Pythia in Delphi oder an den dionysischen Enthusiasmus. Darauf spielt wohl auch Paulus an, wenn er seine Anordnung für die Zungenredner in Korinth mit dem Hinweis beginnt: »Ihr wißt, daß ihr, als ihr Heiden wart, euch zu den stummen Götzen unwiderstehlich hinziehen ließet, wie ihr eben fortgerissen wurdet.«[29] Und so verwundert es auch nicht, daß die Zungenrede in der Christengemeinde in Korinth eine besondere Blüte erlebte.

Weiterhin scheint es mir theologisch von besonderem Interesse, daß der Gebetsruf »Abba, Vater!« in den Zusammenhang der Glossolalie gehört und es sich dabei nicht etwa um den Anfang des Vaterunsers handelt. Vielmehr – so bezeugt es Paulus – schreien die Christen in dem Geist »Abba, Vater!« (Röm 8,15); ja, es ist der Geist des Sohnes, den Gott in ihre Herzen gesandt hat, welcher selber schreit: »Abba, Vater!« (Gal 4,6). In diesem Geistesausruf erkennt Paulus einen Beweis dafür, daß die Christen »Söhne Gottes« bzw. »Gottes Kinder« (Röm 8,14.16 f.) sind. Nicht aus dem Inhalt dieses Ausrufs folgt dabei für den Apostel seine Wahrheit, »sondern aus dem geistgewirkten Charakter dieser Worte«[30]. Daher »müssen diese Worte Gebeten angehören, die mit

KELSEY, Tongue Speaking. An Experiment in Spiritual Experience, New York 1964; DERS., Zungenreden und Zungenredner, in: W. J. Hollenweger (Hg.), Die Pfingstkirchen. Selbstdarstellungen, Dokumente, Kommentare (KW 7), Stuttgart 1971, S. 183-205; TH. SPOERRI, Ekstatische Rede und Glossolalie, in: ders. (Hg.), Beiträge zur Ekstase, Basel / New York 1968, S. 137-153; F. D. GOODMAN, Speaking in Tongues. A Cross-Cultural Study of Glossolalia, Chicago / London 1972; W. J. SAMARIN, Tongues of Men and Angels, New York / London 1972; F. STEFFENSKY, Glossolalie – Zeichen – Symbol. Bemerkungen zum Symbolgebrauch in christlichen Gottesdiensten, in: JLH 17 (1972), S. (80-91) 82 f.; N. S. HOLM, Zungenreden (s. Anm. 4); G. DAUTZENBERG, Art. Glossolalie, in: RAC 11, Stuttgart 1981, Sp. 225-246 sowie insbesondere G. THEISSEN, Psychologische Aspekte paulinischer Theologie, Göttingen ²1993 (¹1983: FRLANT 131), S. 269-340 (Lit.!).

29 I Kor 12,2.

30 H. GUNKEL, Die Wirkungen des heiligen Geistes nach der populären Anschauung der apostolischen Zeit und der Lehre des Apostels Paulus. Eine biblisch-theologische Studie, Göttingen ³1909 (= ¹1888), S. 61.

derartigen Symptomen auftraten, dass man ihren übermenschlichen Ursprung ohne weiteres erkennen musste, d.h. also solchen Gebeten, die in Ekstase gesprochen wurden«[31]. Aus diesem Grund verwendet Paulus den Begriff »schreien« für den Abba-Ruf. Mit demselben Ausdruck wird dann auch das geistgewirkte Lob-Geschrei des Henoch bei seiner Entrückung in den Himmel beschrieben. Er selbst bekennt – dieser Bericht ist zu lesen im äthiopischen Henochbuch – von sich, als er »auf Wagen des Geistes« in den Himmel entrückt worden war und dem »betagten Haupt«, d.h. Gott selbst, in dessen himmlischen Palast gegenübertrat: »Ich schrie mit lauter Stimme, mit dem Geiste der Kraft, und segnete, pries und erhob [ihn].«[32] Ähnlich dem Abba-Ruf dürfte es sich auch bei dem Bekenntnis Κύριος 'Ιησοῦς [»Herr ist Jesus!«] (I Kor 12,3; s. Phil 2,11) um eine ekstatische Äußerung handeln[33].

Aber nicht nur die Glossolalie als solche beurteilt Paulus als eine Gnadengabe des Geistes, als ein sogenanntes Charisma[34], sondern auch die *Auslegung* der Zungenrede. Da sich die Zungenrede selbst ja an Gott richtet und für die anwesenden Gemeindeglieder im allgemeinen unverständlich bleibt, dient sie zunächst nur der Erbauung des in Ekstase Geratenen selbst[35]. Der pneumatischen Bereicherung der Gemeinde aber dient sie für sich allein genommen noch nicht. Es bedarf unbedingt einer Erklärung oder Auslegung der gestammelten Laute – entweder durch den Zungenredner selbst oder einen anderen, so daß man sie versteht. Dann erst kann die Zungenrede zum geistigen Aufbau der Gemeinde beitragen. Da Paulus den Zweck der Gemeindeversammlung darin sieht, der gegenseitigen Erbauung zu dienen, geht er sogar soweit, die Zungenrede im Gottesdienst zu verbieten, falls sich kein Ausleger findet, und ihr als Ort die private Frömmigkeit zuzuweisen[36]. Die Position des Paulus ist glasklar: »Ich sage Gott Dank, mehr als ihr alle rede ich in Zungen. Aber in der versammelten Gemeinde will ich lieber fünf

31 Ebd.

32 ÄthHen 71,11b; zit. nach: G. BEER, Das Buch Henoch, in: E. Kautzsch (Hg.), Die Apokryphen und Pseudepigraphen des Alten Testaments, Bd. II, Nachdr. Darmstadt 1975 (= Tübingen [1]1900), S. (217-310) 277.

33 Vgl. G. THEISSEN, Psychologische Aspekte (s. Anm. 28), S. 307 f.

34 Vgl. I Kor 12,10.

35 Vgl. I Kor 14,2.4a.

36 Vgl. I Kor 14,28.

Worte mit meinem Verstand reden, damit ich auch andere unterweise, als zehntausend Worte in Zungenrede.«[37]

Glossolalie blieb nicht auf das frühe Christentum beschränkt, sondern trat im Laufe der Kirchengeschichte immer wieder auf, so zuletzt in der charismatischen Bewegung unserer Tage. Im Hinblick auf die Beurteilung dieses Phänomens überzeugt mich am meisten die Antwort, die FRIEDRICH HEILER gegeben hat:

»Die Gefahr des Abgleitens in das Krankhafte ist außerordentlich groß, vor allem durch das immer erneute künstliche Sichhineinsteigern in enthusiastische Seelenzustände. Dennoch ist auch diese Art der Rede nicht wertlos. Im Zungenreden offenbart sich die religiöse Unzulänglichkeit der menschlichen Sprache in ähnlicher Weise wie im mystischen Schweigen. ... Die Form der Rede kann nie dem Inhalt adäquat sein; darum sprengt der Inhalt die Form. Der Enthusiasmus schafft sich neue Wort- und Sprachformen für das ›Ganz Andere‹ des Göttlichen.«[38]

2.2. *Entrückung*

Eng verwandt mit der Glossolalie ist die im Zustand der Ekstase erlebte Entrückung[39]. Von einer solchen Entrückung berichtet Paulus im 12. Kapitel des 2. Korintherbriefs. Er spricht bei dieser Schilderung bewußt in der dritten Person, obwohl er von sich selbst erzählt. Damit will er zum einen den Widerfahrnischarakter dieses Erlebnisses hervorheben, zum anderen möglichen Selbstruhm ausschließen[40]. Der Apostel schreibt:

»Ich kenne einen Menschen in Christus, der vor vierzehn Jahren – ob im Leibe, ich weiß es nicht, oder außerhalb des Leibes, ich weiß es nicht, Gott weiß es – entrückt wurde bis in den dritten Himmel. Und ich weiß, daß derselbe Mensch – ob im Leibe, ich weiß es nicht, oder außerhalb des Leibes, ich weiß es nicht, Gott weiß es – entrückt wurde bis in das Paradies und unaussprechliche Worte hörte, die einem Menschen auszusprechen versagt sind.«[41]

37 I Kor 14,18 f.

38 F. HEILER, Erscheinungsformen (s. Anm. 8), S. 274 f.

39 Vgl. G. STRECKER, Art. Entrückung, in: RAC 5, Stuttgart 1962, S. 461-476; H. WISSMANN / O. BETZ, Art. Entrückung, in: TRE 9, Berlin / New York 1982, S. 680-690.

40 Vgl. II Kor 12,5 f.

41 II Kor 12,2-4.

Ob es sich hier um eine Himmelsreise der Seele oder um eine leibliche Entrückung gehandelt hat, läßt Paulus offen. Wir werden jedenfalls ein ekstatisches Erlebnis anzunehmen haben, also ein Erlebnis, das Paulus im Zustand der Verzückung Dinge sehen bzw. hören ließ, die einem Menschen sonst nicht wahrnehmbar sind. Paulus setzt die ältere Vorstellung von den drei Himmelssphären voraus, während man später im Judentum von sieben Himmeln ausging. Offenbar hat Paulus das Paradies im dritten Himmel angenommen (s. ApkMos 37,5)[42]. Dorthin also, an den Ort der vollendeten Seelen, in die unmittelbare Nähe Gottes, ist er gelangt. Dort hat er unaussprechliche Worte vernommen – zu denken ist dabei wohl an die Mitteilung himmlischer Geheimnisse, die er in dieser Vision erhielt, oder an die Lobgesänge himmlischer Chöre[43]. In solchen ekstatischen Entrückungen und visionären Erlebnissen[44] ist Paulus zuteil geworden, »was kein Auge gesehen und kein Ohr gehört hat und keinem Menschen ins Herz emporgestiegen ist, was alles Gott denen bereitet hat, die ihn lieben«[45]. Darin hat sich nach seiner Deutung Gott durch den Geist geoffenbart[46]. Ähnliches ist auch von zeitgenössischen Rabbinen überliefert – und zwar namentlich von vier Schülern des Rabbi Jochanan ben Zakkai, zu denen auch Rabbi Akiba zählte[47].

Auch wenn es diese religionsgeschichtlichen Parallelen gibt, muß deutlich gesagt werden: Bei der von Paulus mitgeteilten Entrückung handelt es sich um eine subjektiv wirkliche Erfahrung. »Was er hier angibt, hat er tatsächlich in einem Zustand höchster Verzückung erlebt. Aber er erlebte eben diese Ekstase in der ihm überlieferten Form und nach den ihm vertrauten Vorstellungen z. B. von der Art des Weltgebäudes. Das ist psychologisch durchaus begreiflich. Wir brauchen nur daran zu den-

42 Vgl. W. BOUSSET, Der zweite Brief an die Korinther, in: SNT 2, Göttingen ³1917, S. (167-223) 215; B. HEININGER, Paulus als Visionär. Eine religionsgeschichtliche Studie (Herders biblische Studien, Bd. 9), Freiburg i.Br. / Basel / Wien / Barcelona / Rom / New York 1996, S. 250-252.

43 S. ebd.

44 Vgl. II Kor 12,1.

45 I Kor 2,9b.

46 Vgl. I Kor 2,10a.

47 Vgl. W. BOUSSET, Der zweite Brief an die Korinther (s. Anm. 42), S. 215 f.

ken, wie die Vorstellungen des wachen Geisteslebens uns in den Traumzustand folgen und den Stoff für unsre Träume abgeben.«[48]

Zwar nicht von einer Entrückung in den Himmel, wohl aber von einer Ortsveränderung durch den Geist im irdischen Bereich weiß noch die Apostelgeschichte zu berichten: Nach der Taufe des äthiopischen Kämmerers wird Philippus vom »Geist des Herrn« entrückt und findet sich ca. 40 km nordöstlich von Gaza in Aschdod wieder, von wo aus er dann in den an der Mittelmeer-Küstenstraße gelegenen Orten bis hin nach Cäsarea das Evangelium verkündigte[49]. Den Erfahrungshintergrund bildete wohl eine auf dem Weg erlebte Vision, die das Gefühl für die eigene Fortbewegung schwinden und an eine Entrückung durch den Geist denken ließ[50]. Hinzu kommt noch der traditionsgeschichtliche Hintergrund: Entrückungen solcher Art waren bereits bekannt – man denke nur an die Prophetengestalten Elia und Ezechiel[51].

2.3. Prophetie

Das frühe Christentum kannte einen besonderen Prophetenstand. Zwar ist es nach dem Urteil des Paulus prinzipiell allen Gläubigen möglich, prophetisch zu reden[52]; denn sie haben alle in der Taufe den heiligen Geist empfangen[53]. Daneben aber gibt es Menschen, die mit einer dauernden prophetischen Befähigung begabt sind und von daher eine hervorgehobene Stellung innerhalb der Gemeinde besitzen[54]. Wie wir aus I

48 A.a.O., S. 216.

49 Vgl. Act 8,39 f.

50 Vgl. K. BERGER, Art. Geist / Heiliger Geist / Geistesgaben III. Neues Testament, in: TRE 12, Berlin / New York 1984, S. (178-196) 180,15-33.

51 Vgl. I Reg 18,12; II Reg 2,16; Ez 3,12-14; 8,3; 11,1.24; 43,5; s. dazu a.a.O., S. 179,44-180,14.

52 Vgl. I Kor 14,5.24; vgl. auch Act 2,17; 19,6.

53 Vgl. I Kor 6,11; 12,13; Act 2,38.

54 Vgl. PH. VIELHAUER, Art. Propheten III A. Im NT, in: RGG[3] 5, Tübingen 1961, Sp. (633 f.) 633. – Zur frühchristlichen Prophetie vgl. G. DAUTZENBERG, Urchristliche Prophetie. Ihre Erforschung, ihre Voraussetzungen im Judentum und ihre Struktur im ersten Korintherbrief (BWANT 104), Stuttgart / Berlin / Köln / Mainz 1975; U. B. MÜLLER, Prophetie und Predigt im Neuen Testament. Formgeschichtliche Untersuchungen zur urchristlichen Prophetie (StNT 10), Gütersloh 1975; D. E.

Kor 12,28 entnehmen können, stehen diese Propheten ihrem Rang nach zwischen Aposteln und Lehrern. Paulus zufolge besteht die Aufgabe der Prophetie darin, die Gemeinde zu erbauen, zu ermahnen und zu trösten[55], was im Unterschied zur Zungenrede in verständlichen, vernünftigen Worten geschieht[56]. Inhaltlich geht es um die Erkenntnis und Mitteilung von göttlichen Geheimnissen, die der Geist Gottes den Propheten offenbart – seien es die Endzeit betreffende Aussagen[57], seien es Aufschlüsse über Gottes Heilshandeln in Christus[58] oder seien es Warnungen angesichts des kommenden Gerichts[59]. »Verkündet werden diese Offenbarungen« – so beschreibt es HERMANN GUNKEL –»in begeisterungsvollen Reden, welche mit so elementarer Wucht aus der Brust herausbrechen, dass der Mensch kaum zu schweigen vermag, I.Kor. 14,32 f., und welche in dem Hörer einen überwältigend erschütternden Eindruck hervorrufen, I.Kor. 14,24 f.«[60]. Prophetische Predigt vermag nämlich Menschen in ihrem Gewissen zu treffen, ihre wahre Situation vor Gott als Sünder aufzudecken und zur Umkehr zu Gott zu bewegen. Um die Willkür einzelner auszuschließen, hält Paulus dazu an, die Verkündigung eines Propheten durch andere Propheten oder durch Christen, die über das Charisma der »Unterscheidung der Geister« verfügen[61], prüfen zu lassen[62]. Kriterium dafür ist die Überein-

AUNE, Prophecy in Early Christianity and the Ancient Mediterranean World, Grand Rapids 1983; G. DAUTZENBERG, Art. Propheten / Prophetie IV. Neues Testament und Alte Kirche, in: TRE 27, Berlin / New York 1997, S. 503-511; M. WÜNSCHE, Der Ausgang der urchristlichen Prophetie in der frühkatholischen Kirche. Untersuchungen zu den Apostolischen Vätern, den Apologeten, Irenäus von Lyon und dem antimontanistischen Anonymus (CThM.ST 14), Stuttgart 1997.

55 Vgl. I Kor 14,3.

56 Vgl. I Kor 14,2 f.23-25.

57 Vgl. Röm 11,25 f.; I Kor 15,23-28.51 f.; I Thess 3,4; 4,15-17.

58 Vgl. I Kor 2,12.

59 Vgl. I Kor 6,9 f.; Gal 5,21.

60 H. GUNKEL, Wirkungen (s. Anm. 30), S. 24.

61 S. I Kor 12,10.

62 Vgl. I Kor 14,29.

stimmung mit dem Glauben[63] bzw. mit dem Bekenntnis zu Jesus als dem Herrn, das nur im heiligen Geist gesprochen werden kann[64].

Auf ein weiteres Phänomen innerhalb der Prophetie möchte ich noch kurz hinweisen: Im Unterschied zu den ortsansässigen Propheten in den paulinischen Gemeinden gab es im syrisch-palästinischen Raum auch sogenannte christliche Wanderpropheten[65]. Diese verkündigten Worte im Namen des erhöhten Herrn entsprechend dem Herrenwort Lk 10,16: »Wer euch hört, der hört mich, und wer euch verwirft, der verwirft mich; wer aber mich verwirft, der verwirft den, der mich gesandt hat.« Solche Prophetensprüche sind in den synoptischen Evangelien aufbe-

63 Vgl. Röm 12,6.

64 Vgl. I Kor 12,3.

65 Vgl. G. THEISSEN, Wanderradikalismus. Literatursoziologische Aspekte der Überlieferung von Worten Jesu im Urchristentum (1973), in: ders., Studien zur Soziologie des Urchristentums (WUNT 19), Tübingen [3]1989, S. 79-105; DERS., »Wir haben alles verlassen« (Mc. X. 28). Nachfolge und soziale Entwurzelung in der jüdisch-palästinischen Gesellschaft des 1. Jahrhunderts n. Ch. (1977), in: ders., a.a.O., S. 106-141; DERS., Soziologie der Jesusbewegung. Ein Beitrag zur Entstehungsgeschichte des Urchristentums, München [5]1988 ([1]1977); s. auch A. FELDTKELLER, Identitätssuche des syrischen Urchristentums. Mission, Inkulturation und Pluralität im ältesten Heidenchristentum (NTOA 25), Freiburg, Schweiz / Göttingen 1993, S. 152-155.157 u.ö. – Gegenüber GERD THEISSEN muß allerdings zur Geltung gebracht werden, daß nicht nur die »Wandercharismatiker«, sondern auch die ortsansässigen Jesusanhänger – innerhalb ihrer Lebensverhältnisse – versuchten, sich in die Nachfolge Jesu zu stellen. Zu Kritik und Weiterführung von Theißens »Wanderradikalismus«-These vgl. W. STEGEMANN, Wanderradikalismus im Urchristentum? Historische und theologische Auseinandersetzung mit einer interessanten These, in: W. Schottroff / W. Stegemann (Hg.), Der Gott der kleinen Leute. Sozialgeschichtliche Bibelauslegungen, Bd. 2: Neues Testament, München / Gelnhausen / Berlin / Stein 1979, S. 94-120; L. SCHOTTROFF, Das geschundene Volk und die Arbeit in der Ernte Gottes nach dem Matthäusevangelium, in: L. u. W. Schottroff (Hg.), Mitarbeiter der Schöpfung. Bibel und Arbeitswelt, München 1983, S. (149-206) 200-204; R. A. HORSLEY, Sociology and the Jesus Movement, New York 1989, bes. S. 43-64.106.111.114 f.119-128.143 f.; TH. SCHMELLER, Brechungen. Urchristliche Wandercharismatiker im Prisma soziologisch orientierter Exegese (SBS 136), Stuttgart 1989, S. 50-116; J. ROLOFF, Die Kirche im Neuen Testament (GNT 10), Göttingen 1993, S. 43-46.

wahrt geblieben, nicht unterschieden von Worten des historischen Jesus. Ihr Reden begreifen die Wanderpropheten als eingegeben durch den heiligen Geist, weshalb Widerspruch für sie gleichbedeutend ist mit Lästerung des heiligen Geistes – eine Sünde, die nicht vergeben werden kann[66].

2.4. Wunder

Für die christliche Mission war von nicht zu unterschätzender Bedeutung das Charisma, Wunder zu wirken[67] – insbesondere Krankenheilungen und Dämonenaustreibungen[68]. Wenn Paulus auch keine Einzelheiten mitteilt, so betont er doch ausdrücklich bei seiner Verteidigung seines Apostolats gegenüber den sogenannten »Überaposteln«[69] in Korinth, daß er selbst solche »Zeichen des Apostels«, nämlich Wunder und Krafttaten, vollbracht habe[70]. Und wie Jesus nach dem Zeugnis des Neuen Testaments die Dämonen durch den heiligen Geist ausgetrieben hat[71], so geschehen auch die Wunder des Paulus kraft des heiligen Geistes[72].

In der Apostelgeschichte finden sich neben allgemeinen Berichten über Heilungen und Exorzismen[73], die nur summarisch erwähnt werden, auch ausführliche legendarische Wundererzählungen: An drei Stellen wird die Heilung eines Gelähmten berichtet – einmal durch Petrus und

66 Vgl. Mt 12,32 par. Lk 12,10; s. auch Did 11,7.

67 Zu Wundern im frühen Christentum vgl. G. THEISSEN, Urchristliche Wundergeschichten (StNT 8), Gütersloh [6]1990; A. WEISER, Was die Bibel Wunder nennt. Ein Sachbuch zu den Berichten der Evangelien, Stuttgart [7]1988; B. KOLLMANN, Jesus und die Christen als Wundertäter. Studien zu Magie, Medizin und Schamanismus in Antike und Christentum (FRLANT 170), Göttingen 1996.

68 Vgl. I Kor 12,9 f.

69 II Kor 11,5; 12,11.

70 Vgl. II Kor 12,12.

71 So Mt 12,28; in der Parallele Lk 11,20 heißt es hingegen »durch den Finger Gottes«, was ursprünglicher sein dürfte.

72 Vgl. Röm 15,19.

73 Vgl. Act 5,15 f.; 8,6 f.; 19,11 f.; s. auch Mk 6,7 parr.; 16,17 (aus dem sekundären längeren Markusschluß).

Johannes vor dem Tempel in Jerusalem[74], ein zweites Mal durch Petrus in Joppe[75] und ein drittes Mal durch Paulus im kleinasiatischen Lystra[76]. Dazu kommen die Schilderungen zweier Totenerweckungen: zum einen die Erweckung der kurz zuvor verstorbenen Tabitha durch Petrus[77] und zum andern die Wiederbelebung des Eutychus durch Paulus[78].

Versucht man, die legendarische Übermalung der urchristlichen Wundergeschichten zu durchdringen und – soweit dies überhaupt möglich ist – zum historischen Kern solcher Erzählungen vorzustoßen, dann bestätigt sich bei entschlossener Anwendung der historisch-kritischen Methode das grundsätzliche Urteil ERNST KÄSEMANNs:

»Historische Kritik zeigt, daß es beweisbare W[under] nicht gibt. Das historisch Erweisbare führt nicht über den Bereich auch anderswo bezeugter psychisch-somatischer Heilwirkung hinaus.«[79]

3. Die Einheit des Geistes und die Vielfalt der Geistesgaben nach Paulus

Offenbar recht bald setzte sich in der nachösterlichen Jesusbewegung die Überzeugung durch, daß Gottes Geist in der Gemeinde Jesu wohne[80], ja in jedem einzelnen Gläubigen[81]. Sehr bald verband sich mit dieser Überzeugung auch der Glaubenssatz, durch die Taufe würde dem Glaubenden der Geist verliehen. Ursprünglich, in der Frühphase der

74 Act 3,1-10.

75 Act 9,32-35.

76 Act 14,8-10.

77 Act 9,36-42.

78 Act 20,7-12.

79 E. KÄSEMANN, Art. Wunder IV. Im NT, in: RGG^3 6, Tübingen 1962, Sp. (1835-1837) 1837.

80 Vgl. I Kor 3,16; II Kor 6,16; Eph 2,19-22.

81 Vgl. I Kor 6,19.

Jesusbewegung, erfolgte die Geistmitteilung noch ohne den Ritus der Wassertaufe[82].

An der paulinischen Geistlehre läßt sich gut erkennen, daß dieser Glaubenssatz entscheidend die Auffassung vom heiligen Geist und dessen Wirkungen beeinflußt hat. WILHELM BOUSSET hat diesen Vorgang sehr eindrücklich beschrieben:

Das »religiöse Postulat«, »daß jeder Gläubige den Geist besitze«, »mußte ja von vornherein in eine starke Spannung geraten mit der alten Vorstellung, daß die Kraft des Geistes nur in den außerordentlichen und ekstatischen Erscheinungen des menschlichen Gemüts- und Willenlebens zum Ausdruck komme. ... Soll der Geist im Leben jedes einzelnen Gläubigen wirksam werden, so muß man seine Wirkungssphäre erweitern und seine Wirkungen da schauen, wo man sie bisher nicht sah. Ausgesprochen ist diese neue Anschauung allerdings erst für uns erkennbar und deutlich von Paulus. Für Paulus sind nicht nur Zungenreden, Prophetie, geheimnisvolle Offenbarung, Wunderthaten und Krankenheilungen, sondern Freude, Friede, Liebe, Gerechtigkeit und Geduld, genug das gesammte neue Leben der Christen, Wirkungen des Geistes.«[83]

Bei der Beurteilung der Geistesgaben nimmt Paulus eine sehr deutliche Umwertung vor: Ausdrücklich zählt er zu den Charismen Hilfeleistungen, Dienen und Almosengeben, weiterhin die Befähigung zur Unterweisung und zur Gemeindeleitung[84]. In einem Tugendkatalog[85] verdeutlicht er die »Frucht des Geistes« und schließlich stellt er den Glauben, die Hoffnung und die Liebe über die ekstatischen Charismen, wobei er der Liebe den höchsten Rang zumißt[86]. Ohne die Liebe ist alles andere wertlos.

Geben wir noch einmal BOUSSET das Wort:

»Man sucht nun die Wirkungen des Geistes nicht mehr im außerordentlichen, momentanen, übermenschlichen, sondern im gewöhnlichen, alltäglichen und gleichmäßigen, im rein-menschlichen. Es thut eine andere Welt sich auf, ein

82 Vgl. W. BOUSSET, Rez. zu H. Weinel, Die Wirkungen des Geistes und der Geister im nachapostolischen Zeitalter (1899), in: GGA 1901, S. (753-776) 758 f.; K. BERGER, Art. Geist (s. Anm. 50), S. 185,11-43.

83 W. BOUSSET, Rez. (s. Anm. 82), S. 759 f.

84 Vgl. Röm 12,6-8; I Kor 12,28.

85 Vgl. Gal 5,22 f.

86 Vgl. I Kor 12,31-13,13. – Nicht zufällig führt die Liebe den Tugendkatalog in Gal 5,22 f. an.

neues Leben sprengt die Hülle. Und was bisher als Kern erschien, wird Hülle und Schale, die man bald wertlos wegwerfen wird.«[87]

Boussets Perspektive reicht somit schon bis in die Moderne hinein. Paulus selbst jedenfalls hält noch die ganze Palette der Geistesgaben zusammen. Worauf es ihm ankommt, ist, daß keiner sich in der Gemeinde aufgrund seiner besonderen geistgewirkten Begabung über andere erhebt, sondern alle geeint durch ein und denselben Geist als Glieder des Leibes Christi zusammenwirken[88].

4. Ertrag

Glossolalie, Entrückung, Wunderheilung und Exorzismus gehören dem antiken Weltbild an, das für uns als Menschen der Moderne unwiderruflich vergangen ist. Die Vorstellung von der Gabe des heiligen Geistes als Zeichen der Endzeit muß für uns als überholt angesehen werden; denn die Naherwartung des Endes aller Dinge hat sich anbetrachts des Fortgangs der Weltgeschichte als Irrtum erwiesen. Auch die Endzeit-Spekulationen frühchristlicher Prophetie[89] können wir uns nicht mehr guten Gewissens zu eigen machen. Darüber dürfen wir uns auch nicht durch von Zeit zu Zeit sich ereignende charismatische Aufbrüche täuschen lassen. Der von Paulus gewiesene Weg hinsichtlich des Geistverständnisses ist unumkehrbar.

ALBERT SCHWEITZER hat m.E. richtig erkannt:

» ... die Religion muss in unserer Zeit furchtbar nüchtern werden. ›Werdet wieder nüchtern‹[90], schreibt der Apostel Paulus manchmal an seine Leute. Auch zu uns kann man dies sagen: Werdet wieder nüchtern und betäubt euch nicht mit Phrasen und Sätzen, sondern sucht nach dem, was für euch wirklich ist in der Religion.

Wenn ihr jetzt hinausgeht aufs Feld, da sieht's auch nüchtern aus. Die Bäume strecken ihre kahlen Besenreiser schwarz gegen Himmel. Aber ist das nicht

87 W. BOUSSET, Rez. (s. Anm. 82), S. 760 f.

88 Vgl. I Kor 12,4-27.

89 Vgl. die o. in Anm. 57 genannten Texte.

90 I Kor 15,34.

eine herrliche, herzerquickende Nüchternheit! Sie haben ihren welken Laubschmuck vom vorigen Sommer verloren und sind kahl geworden, um wieder neues Leben anzusetzen. Und weil wir das Leben, das aus dieser Nüchternheit kommt, ahnen, darum deucht es uns viel schöner als das herrlichste Immergrün, in welchem die Leute sich jetzt an der Riviera ergehen. Seht, diese kraftvolle, lebenverheissende Nüchternheit muss auch in der Religion kommen. Würden wir nicht alle schönen Sätze und Phrasen, in denen wir uns bewegen, dahingeben für ein bisschen Leben im Christentum?«[91]

Wahres Leben, das Albert Schweitzer meint, entsteht da, wo wir uns dem Geist Jesu öffnen[92], der aus seinen Worten zu uns spricht und uns in seine Nachfolge ruft. Wie solche Nachfolge letztendlich aussieht, entscheidet sich an der Lebenssituation, in der wir stehen, und an den konkreten Herausforderungen, die an uns gerichtet werden. Denn da ein jeder Mensch in seine je eigene Lebenswirklichkeit hineingestellt ist, sind auch die Aufgaben, die in der Nachfolge Jesu seiner warten, jeweils andere.

91 A. SCHWEITZER, Predigt nach Ostern 1908 (veröff. in: D. Zager / W. Zager, Albert Schweitzer – Impulse für ein wahrhaftiges Christentum, Neukirchen-Vluyn 1997, S. [88-93] 90 f.).

92 Vgl. dazu W. ZAGER, Die Pfingstpredigt bei Albert Schweitzer, in: DtPfrBl 98 (1998), S. 259-262.

Literatur

Die verwendeten Abkürzungen richten sich nach dem Abkürzungsverzeichnis der »Theologischen Realenzyklopädie« von SIEGFRIED M. SCHWERTNER, Berlin / New York ^{2}1994 (identisch mit: Internationales Abkürzungsverzeichnis für Theologie und Grenzgebiete, 2. Auflage [IATG^{2}]), ergänzt durch die Abkürzungsverzeichnisse des »Theologischen Wörterbuchs zum Neuen Testament« (ThWNT X/1, S. 53-85) und des »Exegetischen Wörterbuchs zum Neuen Testament« (EWNT I, S. XII-XXXI; II, S. IX).

1. Quellen

Aland, Barbara / Aland, Kurt / Karavidopoulos, Johannes / Martini, Carlo M. / Metzger, Bruce M. (Hg.): Novum Testamentum Graece (Nestle-Aland), Stuttgart ^{27}1993.

Aland, Kurt (Hg.): Synopsis Quattuor Evangeliorum. Locis parallelis evangeliorum apocryphorum et patrum adhibitis, Stuttgart ^{13}1985 (4. Druck 1990).

Gögler, Rolf (Hg.): Origenes, Das Evangelium nach Johannes (MKZU.NF 4), Zürich / Köln 1959.

Kautzsch, Emil (Hg.): Die Apokryphen und Pseudepigraphen des Alten Testaments, 2 Bde., Tübingen 1900 (Nachdr. Darmstadt 1975).

Kümmel, Werner Georg (Hg.): Jüdische Schriften aus hellenistisch-römischer Zeit, Gütersloh 1973 ff.

Lindemann, Andreas / Paulsen, Henning (Hg.): Die Apostolischen Väter. Griechisch-deutsche Parallelausgabe auf der Grundlage der Ausgaben von Franz Xaver Funk / Karl Bihlmeyer u.

Molly Whittaker, mit Übersetzungen von Martin Dibelius u. Dietrich-Alex Koch, Tübingen 1992.

Lipsius, Richard Adalbert / Bonnet, Maximilian (Hg.): Acta Apostolorum Apocrypha. Post Constantinum Tischendorf, Leipzig 1891-1903.

Preuschen, Erwin (Hg.): Origenes Werke IV: Der Johanneskommentar (GCS 10), Leipzig 1903.

Rießler, Paul (Hg.): Altjüdisches Schrifttum außerhalb der Bibel, Freiburg i.Br. / Heidelberg 1928 (Nachdr. ^{5}1984).

Schneemelcher, Wilhelm (Hg.): Neutestamentliche Apokryphen in deutscher Übersetzung, Bd. I: Evangelien, Tübingen ^{6}1990; Bd. II: Apostolisches, Apokalypsen und Verwandtes, Tübingen ^{5}1989.

2. Sekundärliteratur

Ådna, Jostein: Der Gottesknecht als triumphierender und interzessorischer Messias. Die Rezeption von Jes 53 im Targum Jonathan untersucht mit besonderer Berücksichtigung des Messiasbildes, in: Bernd Janowski / Peter Stuhlmacher (Hg.), Der leidende Gottesknecht. Jesaja 53 und seine Wirkungsgeschichte (FAT 14), Tübingen 1996, S. 129-158.

Aune, David Edward: Prophecy in Early Christianity and the Ancient Mediterranean World, Grand Rapids 1983.

Barth, Gerhard: Der Tod Jesu Christi im Verständnis des Neuen Testaments, Neukirchen-Vluyn 1992.

Bauer, Walter: Griechisch-deutsches Wörterbuch zu den Schriften des Neuen Testaments und der frühchristlichen Literatur, hg. v. Kurt Aland u. Barbara Aland, Berlin / New York ^{6}1988.

Becker, Jürgen: Die neutestamentliche Rede vom Sühnetod Jesu, in: ZThK.B 8 (1990), S. 9-49.

Becker, Jürgen: Jesus von Nazaret, Berlin / New York 1996.

Berger, Klaus: Art. Geist / Heiliger Geist / Geistesgaben III. Neues Testament, in: TRE 12, Berlin / New York 1984, S. 178-196.

Berger, Klaus: 43 Witwen und 19 Witwer widerlegen die Bibel. Wie der Göttinger Neutestamentler Gerd Lüdemann mit der Auferstehung Jesu fertig wird, in: FAZ vom 30.3.1994.

Berger, Klaus: Die andere Wahrnehmung. War das Grab leer? Weshalb Rationalisten und Fundamentalisten an der Osterbotschaft scheitern, in: FAZ vom 2.4.1994.

Berger, Klaus: Ostern fällt nicht aus! Zum Streit um das »kritischste Buch über die Auferstehung«, in: Idea Spectrum 13/1994, S. 21 f.

Berger, Klaus: Zerfetztes Zeugnis. Gerd Lüdemann als »enfant terrible« der Theologie, in: EK 4/1994, S. 238-240.

Berger, Klaus: Kriterien für echte Jesusworte?, in: ZNT (= Zeitschrift für Neues Testament. Das Neue Testament in Universität, Kirche, Schule und Gesellschaft, hg. v. Stefan Alkier, Kurt Erlemann u. Roman Heiligenthal) 1, H. 1/1998, S. 52-58.

Betz, Otto: Jesus und Jesaja 53, in: Geschichte – Tradition – Reflexion (FS Martin Hengel), hg. v. Hubert Cancik, Hermann Lichtenberger u. Peter Schäfer, Bd. III: Frühes Christentum, Tübingen 1996, S. 3-19.

Bieler, Martin: Befreiung der Freiheit. Zur Theologie der stellvertretenden Sühne, Freiburg i.Br. / Basel / Wien 1996.

Bieringer, Reimund: Traditionsgeschichtlicher Ursprung und theologische Bedeutung der ὑπέρ-Aussagen im Neuen Testament, in: The Four Gospels 1992 (FS Frans Neirynck), hg. v. Frans VanSegbroeck, Christopher M. Tuckett, Gilbert VanBelle u. Jozef Verheyen (BEThL 100), Bd. 1, Louvain 1992, S. 219-248.

Boers, Hendrikus W.: Psalm 16 and the historical origin of the Christian faith, in: ZNW 60 (1969), S. 105-110.

Borg, Marcus J.: Conflict, Holiness and Politics in the Teaching of Jesus (SBEC 5), Lewiston / New York / Queenston, Ontario 1984.

Borg, Marcus J.: A Temperate Case for a Non-Eschatological Jesus, in: Forum: Foundations & Facets 2/3 (1986), S. 81-102.

Borg, Marcus J.: An Orthodoxy Re-Considered – The ›End-of-the-World-Jesus‹, in: The Glory of Christ in the New Testament (Studies in Christology in Memory of George Bradford

Caird), hg. v. Lincoln D. Hurst u. Nicholas Thomas Wright, Oxford 1987, S. 207-217.

Borg, Marcus J.: Jesus, a New Vision. Spirit, Culture and the Life of Discipleship, San Francisco 1987 (dt. Übers.: Jesus, der neue Mensch, Freiburg i.Br. / Basel / Wien 1993).

Bousset, Wilhelm: Rez. zu Heinrich Weinel, Die Wirkungen des Geistes und der Geister im nachapostolischen Zeitalter (1899), in: GGA 1901, S. 753-776.

Bousset, Wilhelm: Der zweite Brief an die Korinther, in: SNT 2, Göttingen ^{3}1917, S. 167-223.

Brandenburger, Egon: Die Verborgenheit Gottes im Weltgeschehen. Das literarische und theologische Problem des 4. Esrabuches (AThANT 68), Zürich 1981.

Braun, Herbert: Der Sinn der neutestamentlichen Christologie (1957), in: ders., Gesammelte Studien zum Neuen Testament und seiner Umwelt, Tübingen ^{3}1971, S. 243-282.

Braun, Herbert: Jesus – der Mann aus Nazareth und seine Zeit. Um 12 Kapitel erweiterte Studienausgabe, Stuttgart 1984.

Bremmer, Jan N.: The Atonement in the Interaction of Jews, Greeks, and Christians, in: Sacred History and Sacred Texts in Early Judaism. Symposium in Honour of Adam Simon van der Woude, hg. v. Jan N. Bremmer u. Florentino Garcia Martinez, Kampen 1992, S. 75-93.

Breukelman, Frans H.: Eine Erklärung des Gleichnisses vom Schalksknecht Matthäus 18,23-35, in: ΠΑΡΡΗΣΙΑ (FS Karl Barth), Zürich 1966, S. 261-287.

Broer, Ingo: Die Parabel vom Verzicht auf das Prinzip von Leistung und Gegenleistung (Mt 18,23-35), in: À Cause de l'Évangile. Études sur les Synoptiques et les Actes (FS Jacques Dupont) (LeDiv 123), Paris 1985, S. 145-164.

Broer, Ingo: »Der Herr ist wahrhaft auferstanden« (Lk 24,34). Auferstehung Jesu und historisch-kritische Methode. Erwägungen zur Entstehung des Osterglaubens, in: Lorenz Oberlinner (Hg.), Auferstehung Jesu – Auferstehung der Christen. Deutungen des Osterglaubens (QD 105), Freiburg i.Br. / Basel / Wien 1986, S. 39-62.

Broer, Ingo: »Seid stets bereit, jedem Rede und Antwort zu stehen, der nach der Hoffnung fragt, die euch erfüllt« (1 Petr 3,15). Das leere Grab und die Erscheinungen Jesu im Lichte der historischen Kritik, in: ders. / Jürgen Werbick (Hg.), »Der Herr ist wahrhaft auferstanden« (Lk 24,34). Biblische und systematische Beiträge zur Entstehung des Osterglaubens (SBS 134), Stuttgart 1988, S. 29-61.

Bultmann, Rudolf: Neues Testament und Mythologie. Das Problem der Entmythologisierung der neutestamentlichen Verkündigung. Nachdr. der 1941 erschienenen Fassung, hg. v. Eberhard Jüngel (BEvTh 96), München 1985.

Bultmann, Rudolf: Das Evangelium des Johannes (KEK II), Göttingen ^{10}1968.

Bultmann, Rudolf: Die Geschichte der synoptischen Tradition – Ergänzungsheft, bearb. v. *Gerd Theißen* u. *Philipp Vielhauer*, Göttingen ^{4}1971.

Buri, Fritz: Entmythologisierung oder Entkerygmatisierung der Theologie, in: Kerygma und Mythos, Bd. II: Diskussionen und Stimmen zum Problem der Entmythologisierung, hg. v. Hans Werner Bartsch, Hamburg-Volksdorf 1952, S. 85-101.

Catchpole, David R.: Tradition History, in: I. H. Marshall (Hg.), New Testament Interpretation. Essays on Principles and Methods, Exeter 1977, S. 165-180.

Charlesworth, James Hamilton: Jesus within Judaism. New Light from Exciting Archaeological Discoveries, New York 1988.

Crossan, John Dominic: The Historical Jesus. The Life of a Mediterranean Jewish Peasant, San Francisco 1991 (dt. Übers.: Der historische Jesus, München 1994).

Dalferth, Ingolf U.: Volles Grab, leerer Glaube? Zum Streit um die Auferweckung des Gekreuzigten, in: ZThK 95 (1998), S. 379-409.

Dalman, Gustaf: Die Worte Jesu mit Berücksichtigung des nachkanonischen Schrifttums und der aramäischen Sprache erörtert, Bd. I, Leipzig ^{2}1930.

Dautzenberg, Gerhard: Urchristliche Prophetie. Ihre Erforschung, ihre Voraussetzungen im Judentum und ihre Struktur im ersten

Korintherbrief (BWANT 104), Stuttgart / Berlin / Köln / Mainz 1975.

Dautzenberg, Gerhard: Art. Glossolalie, in: RAC 11, Stuttgart 1981, Sp. 225-246.

Dautzenberg, Gerhard: Art. Propheten / Prophetie IV. Neues Testament und Alte Kirche, in: TRE 27, Berlin / New York 1997, S. 503-511.

Delekat, Friedrich: Immanuel Kant. Historisch-kritische Interpretation der Hauptschriften, Heidelberg 1963.

Dobschütz, Ernst von: Ostern und Pfingsten. Eine Studie zu I Korinther 15, Leipzig 1903.

Documenta Q: Reconstructions of Q Through Two Centuries of Gospel Research Excerpted, Sorted, and Evaluated. The Database of the International Q Project, hg. v. *James M. Robinson*, *Paul Hoffmann* u. *John S. Kloppenborg*, Leuven 1996 ff.

Dormeyer, Detlev: Rez. zu G. Theißen / A. Merz, Der historische Jesus (1996), in: BZ.NF 41 (1997), S. 267-269.

Evans, Craig A.: Jesus and his Contemporaries. Comparative Studies (AGJU 25), Leiden / New York / Köln 1995.

Falkenberg, Hans-Joachim: Johannes Brahms als Theologe, in: DtPfrBl 98 (1998), S. 17-19.

Feine, Paul: Art. Zungenreden, in: RE^3 21, Leipzig 1908, S. 749-759.

Feldtkeller, Andreas: Identitätssuche des syrischen Urchristentums. Mission, Inkulturation und Pluralität im ältesten Heidenchristentum (NTOA 25), Freiburg, Schweiz / Göttingen 1993.

Festinger, Leon: Die Lehre von der »kognitiven Dissonanz«, in: Wilbur Schramm (Hg.), Grundlagen der Kommunikationsforschung, München ^{2}1968, S. 27-38.

Festinger, Leon: Theorie der kognitiven Dissonanz, hg. v. Martin Irle u. Volker Möntmann, Bern / Stuttgart / Wien 1978.

Fiedler, Peter: Sünde und Vergebung im Christentum, in: Conc(D) 10 (1974), S. 568-571.

Fiedler, Peter: Jesus und die Sünder (BET 3), Frankfurt a.M. 1976.

Fiedler, Peter: Probleme der Abendmahlsforschung, in: ALW 24 (1982), S. 190-223.

Friedrich, Gerhard: Die Verkündigung des Todes Jesu im Neuen Testament (BThSt 6), Neukirchen-Vluyn ²1985.

Frölich, Artur: Johannes Brahms und das Christentum, in: Freies Christentum. Auf der Suche nach neuen Wegen, Jg. 49 (1997), S. 83-86.

Fuchs, Ernst: Das Zeitverständnis Jesu (1960), in: ders., Zur Frage nach dem historischen Jesus. GAufs. II, Tübingen 1960, S. 304-376.

Funk, Robert W. / Hoover, Roy W. / Jesus Seminar: The Five Gospels: The Search for the Authentic Words of Jesus, New York 1993.

Funk, Robert W.: Jesus befreien. Die US-Debatte um den Mann aus Nazareth, in: EK 9/1996, S. 512-515.

Gerber, Rudolf: Das »Deutsche Requiem« als Dokument Brahmsscher Frömmigkeit, in: Das Musikleben. Zeitschrift für Musik, Jg. 2 (1949), S. 181-185.237-239.282 f.

Gilmour, S. MacLean: The Christophany to More than Five Hundred Brethren, in: JBL 80 (1961), S. 248-252 (dt. Übers.: Die Christophanie vor mehr als fünfhundert Brüdern, in: P. Hoffmann [Hg.], Zur neutestamentlichen Überlieferung von der Auferstehung Jesu [WdF 522], Darmstadt 1988, S. 133-138).

Gilmour, S. MacLean: Easter and Pentecost, in: JBL 81 (1962), S. 62-66.

Gilmour, S. MacLean: The Evidence for Easter, in: ANQ.NS 5, Nr. 4 (March 1965), S. 7-23.

Gilmour, S. MacLean: The Theology and Psychology of the Easter Faith, in: ANQ.NS 5, Nr. 4 (March 1965), S. 24-40.

Gnilka, Joachim: Das Matthäusevangelium. I. Teil: Kommentar zu Kap. 1,1-13,58 (HThK I/1), Freiburg i.Br. / Basel / Wien 1986.

Gnilka, Joachim: Das Matthäusevangelium. II. Teil: Kommentar zu Kap. 14,1-28,20 und Einleitungsfragen (HThK I/2), Freiburg i.Br. / Basel / Wien 1988.

Goodman, Felicitas D.: Speaking in Tongues. A Cross-Cultural Study of Glossolalia, Chicago / London 1972.

Gräßer, Erich: Die Naherwartung Jesu (SBS 61), Stuttgart 1973.

Graß, Hans: Ostergeschehen und Osterberichte, Göttingen [4]1970.

Green, Joel B.: The Death of Jesus. Tradition and Interpretation in the Passion Narrative (WUNT II/33), Tübingen 1988.

Gunkel, Hermann: Die Wirkungen des heiligen Geistes nach der populären Anschauung der apostolischen Zeit und der Lehre des Apostels Paulus. Eine biblisch-theologische Studie, Göttingen [3]1909 (= [1]1888).

Haag, Herbert: Der Gottesknecht bei Deuterojesaja (EdF 233), Darmstadt [2]1993.

Habicht, Christian: 2. Makkabäerbuch (JSHRZ I/3), Gütersloh 1976.

Hahn, Ferdinand: Christologische Hoheitstitel. Ihre Geschichte im frühen Christentum (UTB 1873), Göttingen [5]1995 ([1]1963).

Hahn, Ferdinand: Zum Stand der Erforschung des urchristlichen Herrenmahls, in: EvTh 35 (1975), S. 553-563.

Hampel, Volker: Menschensohn und historischer Jesus. Ein Rätselwort als Schlüssel zum messianischen Selbstverständnis Jesu, Neukirchen-Vluyn 1990.

Harnisch, Wolfgang: Die Gleichniserzählungen Jesu. Eine hermeneutische Einführung (UTB 1343), Göttingen 1985.

Hase, Karl von: Geschichte Jesu. Nach akademischen Vorlesungen, Bd. 2 (GW IV,2), Leipzig [2]1891.

Heard, Warren Joel, Jr.: Maccabean Martyr Theology. Its Genesis, Antecedents and Significance for the Earliest Soteriological Interpretation of the Death of Jesus, Ph.D. diss., University of Aberdeen, 1987.

Hedinger, Ulrich: Kritik der Kreuzestheologie, Tübingen 1993.

Heiler, Friedrich: Erscheinungsformen und Wesen der Religion (RM 1), Stuttgart 1961.

Heiligenthal, Roman: Der Lebenweg Jesu von Nazareth. Eine Spurensicherung, Stuttgart / Berlin / Köln 1994.

Heininger, Bernhard: Paulus als Visionär. Eine religionsgeschichtliche Studie (Herders biblische Studien, Bd. 9), Freiburg i.Br. / Basel / Wien / Barcelona / Rom / New York 1996.

Heitmüller, Wilhelm: Taufe und Abendmahl im Urchristentum (RV I, 22/23), Tübingen 1911.

Hengel, Martin: Zur urchristlichen Geschichtsschreibung, Stuttgart ^{2}1984.

Hengel, Martin: Zur Wirkungsgeschichte von Jes 53 in vorchristlicher Zeit, in: Bernd Janowski / Peter Stuhlmacher (Hg.), Der leidende Gottesknecht. Jesaja 53 und seine Wirkungsgeschichte (FAT 14), Tübingen 1996, S. 49-91.

Henten, Jan Willem van: The Tradition-Historical Background of Romans 3.25. A Search for Pagan and Jewish Parallels, in: From Jesus to John. Essays on Jesus and New Testament Christology in Honour of Marinus de Jonge, hg. v. Martinus C. de Boer (JSNT.S 84), Sheffield 1993, S. 101-128.

Hirsch, Emanuel: Osterglaube. Die Auferstehungsgeschichten und der christliche Glaube, hg. v. Hans Martin Müller, Tübingen 1988.

Hoffmann, Paul: Art. Auferstehung II. Auferstehung Jesu Christi 1. Neues Testament, in: TRE 4, Berlin / New York 1979, S. 478-513.

Hoffmann, Paul: Der garstige breite Graben. Zu den Anfängen der historisch-kritischen Osterdiskussion (1985), in: ders., Tradition und Situation. Studien zur Jesusüberlieferung in der Logienquelle und den synoptischen Evangelien (NTA.NF 28), Münster 1995, S. 341-372.

Hoffmann, Paul: Die historisch-kritische Osterdiskussion von H. S. Reimarus bis zu Beginn des 20. Jahrhunderts (1986), in: ders. (Hg.), Zur neutestamentlichen Überlieferung von der Auferstehung Jesu (WdF 522), Darmstadt 1988, S. 15-67.

Hoffmann, Paul: Art. Auferweckung Jesu, in: NBL 1, Zürich 1991, Sp. 202-215.

Hofius, Otfried: Tò σῶμα τὸ ὑπὲρ ὑμῶν 1Kor 11,24, in: ZNW 80 (1989), S. 80-88.

Hofius, Otfried: Das vierte Gottesknechtslied in den Briefen des Neuen Testaments, in: Bernd Janowski / Peter Stuhlmacher (Hg.), Der leidende Gottesknecht. Jesaja 53 und seine Wirkungsgeschichte (FAT 14), Tübingen 1996, S. 107-127.

Holm, Nils S.: Das Zungenreden bei Anhängern der Pfingstbewegung im schwedischsprachigen Gebiet Finnlands, in: ARPs 13 (1978), S. 224-238.

Holtzmann, Heinrich Julius: Lehrbuch der neutestamentlichen Theologie, Bd. 1, hg. v. Adolf Jülicher und Walter Bauer, Tübingen ²1911.

Hooker, Morna D.: Christology and Methodology, in: NTS 17 (1970/71), S. 480-487.

Hooker, Morna D.: On Using the Wrong Tool, in: Theol. 75 (1972), S. 570-581.

Hooker, Morna D.: Not Ashamed of the Gospel. New Testament Interpretations of the Death of Christ, Carlisle 1994.

Horn, Friedrich Wilhelm: Das Angeld des Geistes. Studien zur paulinischen Pneumatologie (FRLANT 154), Göttingen 1992.

Horsley, Richard A.: Sociology and the Jesus Movement, New York 1989.

Jeremias, Joachim: Die Gleichnisse Jesu, Göttingen ⁹1977 (Zürich ¹1947).

Jeremias, Joachim: Kennzeichen der ipsissima vox Jesu (1954), in: ders., ABBA. Studien zur neutestamentlichen Theologie und Zeitgeschichte, Göttingen 1966, S. 145-152.

Jeremias, Joachim: Neutestamentliche Theologie. Erster Teil: Verkündigung Jesu, Gütersloh ²1973 (¹1971).

Jonge, Marinus de: Jesus' death for others and the death of the Maccabean martyrs, in: Text and Testimony. Essays on New Testament and Apocryphal Literature in Honour of Albertus F. J. Klijn, hg. v. Tjitze Baarda, Antonius Hilhorst, Gerard P. Luttikhuizen u. Adam Simon van der Woude, Kampen 1988, S. 142-151.

Käsemann, Ernst: Das Problem des historischen Jesus (1954), in: ders., Exegetische Versuche und Besinnungen, Bd. I, Göttingen ⁶1970, S. 187-214.

Käsemann, Ernst: Art. Wunder IV. Im NT, in: RGG³ 6, Tübingen 1962, Sp. 1835-1837.

Käsemann, Ernst: Die Gegenwart des Gekreuzigten (1967), in: ders., Kirchliche Konflikte, Bd. 1, Göttingen 1982, S. 76-91.

Kant, Immanuel: Die Religion innerhalb der Grenzen der bloßen Vernunft, hg. v. Karl Vorländer (PhB 45), Hamburg ⁸1978.

Kellermann, Ulrich: Zum traditionsgeschichtlichen Problem des stellvertretenden Sühnetodes in 2Makk 7,37 f., in: BN 13 (1980), S. 63-83.

Kelsey, Morton T.: Tongue Speaking. An Experiment in Spiritual Experience, New York 1964.

Kelsey, Morton T.: Zungenreden und Zungenredner, in: Walter J. Hollenweger (Hg.), Die Pfingstkirchen. Selbstdarstellungen, Dokumente, Kommentare (KW 7), Stuttgart 1971, S. 183-205.

Klauck, Hans-Josef: Herrenmahl und hellenistischer Kult. Eine religionsgeschichtliche Untersuchung zum ersten Korintherbrief (NTA.NF 15), Münster 1982.

Klauck, Hans-Josef: 4. Makkabäerbuch (JSHRZ III/6), Gütersloh 1989.

Klumbies, Paul-Gerhard: »Ostern« als Gottesbekenntnis und der Wandel zur Christusverkündigung, in: ZNW 83 (1992), S. 157-165.

Knowles, Michael David: Art. Becket, Thomas, in: RGG^3 1, Tübingen 1957, Sp. 955.

Koch, Dietrich-Alex: Die Schrift als Zeuge des Evangeliums. Untersuchungen zur Verwendung und zum Verständnis der Schrift bei Paulus (BHTh 69), Tübingen 1986.

Köster, Helmut: Art. σπλάγχνον κτλ., in: ThWNT 7, Stuttgart 1964, S. 548-559.

Köster, Helmut: Jesus the Victim, in: JBL 111 (1992), S. 3-15.

Kollmann, Bernd: Ursprung und Gestalten der frühchristlichen Mahlfeier (GTA 43), Göttingen 1990.

Kollmann, Bernd: Jesus und die Christen als Wundertäter. Studien zu Magie, Medizin und Schamanismus in Antike und Christentum (FRLANT 170), Göttingen 1996.

Kremers, Helmut: Wo Beweise versagen. Überlegungen anläßlich des Auferstehungsbuches von Gerd Lüdemann, in: LM 5/1994, S. 31-33.

Krüger, Gustav: Was heisst und zu welchem Ende studiert man Dogmengeschichte?, Freiburg i.Br. / Leipzig 1895.

Le Bon, Gustav: Psychologie der Massen. Mit einer Einführung von Walter Moede (Kröners Taschenausgabe, Bd. 99), Leipzig ^{5}1932 (= ^{1}1911).

Lindemann, Andreas: Jesus blieb im Grab. Ein Buch sorgt für Aufregung: Der Göttinger Neutestamentler Gerd Lüdemann stellt die Auferstehung des Gottessohnes in Frage, in: DASBl vom 18.2.1994, S. 17.

Link, Christian: »Für uns gestorben nach der Schrift«, in: EvErz 43 (1991), S. 148-169.

Linnemann, Eta: Gleichnisse Jesu. Einführung und Auslegung, Göttingen ^{6}1975 (^{1}1961).

Lohse, Eduard: Art. πεντηκοστή, in: ThWNT 6, Stuttgart 1959, S. 44-53.

Lohse, Eduard: Die Frage nach dem historischen Jesus in der gegenwärtigen neutestamentlichen Forschung (1962), in: ders., Die Einheit des Neuen Testaments. Exegetische Studien zur Theologie des Neuen Testaments, Bd. I, Göttingen ^{2}1976, S. 29-48.

Lohse, Eduard: Grundriß der neutestamentlichen Theologie (ThW 5), Stuttgart / Berlin / Köln ^{4}1989 (^{1}1974).

Lohse, Eduard: Jesu Worte im Zeugnis seiner Gemeinde, in: ThLZ 112 (1987), Sp. 705-716.

Lüdemann, Gerd: Die Auferstehung Jesu. Historie, Erfahrung, Theologie, Göttingen 1994 (Stuttgart ^{2}1994).

Lüdemann, Gerd: Zwischen Karfreitag und Ostern, in: Hansjürgen Verweyen (Hg.), Osterglaube ohne Auferstehung? Diskussion mit Gerd Lüdemann (QD 155), Freiburg i.Br. / Basel / Wien ^{2}1995, S. 13-46.

Lüdemann, Gerd: Die Auferstehung Jesu, in: Alexander Bommarius (Hg.), Fand die Auferstehung wirklich statt? Eine Diskussion mit Gerd Lüdemann, Düsseldorf / Bonn 1995, S. 11-29.

Lüdemann, Gerd: Ketzer. Die andere Seite des Christentums, Stuttgart 1995.

Lüdemann, Gerd: Psychologische Exegese oder: Die Bekehrung des Paulus und die Wende des Petrus in tiefenpsychologischer Perspektive, in: Friedrich Wilhelm Horn (Hg.), Bilanz und Perspektiven gegenwärtiger Auslegung des Neuen Testaments (Symposion zum 65. Geburtstag von Georg Strecker) (BZNW 75), Berlin / New York 1995, S. 91-111.

Lüdemann, Gerd / Özen, Alf: Was mit Jesus wirklich geschah. Die Auferstehung historisch betrachtet, Stuttgart 1995.

Lüdemann, Gerd: Der große Betrug. Und was Jesus wirklich sagte und tat, Lüneburg 1998.

Luz, Ulrich: Das Evangelium nach Matthäus. 1. Teilbd.: Mt 1-7 (EKK I/1), Zürich / Einsiedeln / Köln / Neukirchen-Vluyn 1985.

Mack, Burton L.: A Myth of Innocence. Mark and Christian Origins, Philadelphia 1988.

Marxsen, Willi: Erwägungen zum Problem des verkündigten Kreuzes, in: NTS 8 (1961/1962), S. 204-214.

Mealand, David L.: The Dissimilarity Test, in: SJTh 31 (1978), S. 41-50.

Mell, Ulrich: Gehört das Vater-Unser zur authentischen Jesus-Tradition? (Mt 6,9-13; Lk 11,2-4), in: BThZ 11 (1994), S. 148-180.

Merkel, Helmut: Die Gottesherrschaft in der Verkündigung Jesu, in: Martin Hengel u. Anna Maria Schwemer (Hg.), Königsherrschaft Gottes und himmlischer Kult im Judentum, Urchristentum und in der hellenistischen Welt (WUNT 55), Tübingen 1991, S. 119-161.

Merklein, Helmut: Die Gottesherrschaft als Handlungsprinzip. Untersuchungen zur Ethik Jesu (FzB 34), Würzburg 1978.

Merklein, Helmut: Der Tod Jesu als stellvertretender Sühnetod. Entwicklung und Gehalt einer zentralen neutestamentlichen Aussage (1985), in: ders., Studien zu Jesus und Paulus (WUNT 43), Tübingen 1987, S. 181-191.

Merklein, Helmut: Das paulinische Paradox des Kreuzes, in: TThZ 106 (1997), S. 81-98.

Moltmann-Wendel, Elisabeth: Zur Kreuzestheologie heute. Gibt es eine feministische Kreuzestheologie?, in: EvTh 50 (1990), S. 546-557.

Moltmann-Wendel, Elisabeth / Schottroff, Luise / Sölle, Dorothee: Art. Kreuz, in: WFT, Gütersloh 1991, S. 225-236.

Mosiman, Eddison: Das Zungenreden geschichtlich und psychologisch untersucht, Tübingen 1911.

Müller, Peter: Neue Trends in der Jesusforschung, in: ZNT (= Zeitschrift für Neues Testament. Das Neue Testament in Universität, Kirche, Schule und Gesellschaft, hg. v. Stefan Alkier, Kurt Erlemann u. Roman Heiligenthal) 1, H. 1/1998, S. 2-16.

Müller, Ulrich B.: Prophetie und Predigt im Neuen Testament. Formgeschichtliche Untersuchungen zur urchristlichen Prophetie (StNT 10), Gütersloh 1975.

Müller, Ulrich B.: Die Entstehung des Glaubens an die Auferstehung Jesu. Historische Aspekte und Bedingungen (SBS 172), Stuttgart 1998.

Nestle, Wilhelm: Die Krisis des Christentums. Ihre Ursachen, ihr Werden und ihre Bedeutung, Neudr. Aalen 1969 (= Stuttgart 1947).

Oberlinner, Lorenz: Die Verkündigung der Auferweckung Jesu im geöffneten und leeren Grab. Zu einem vernachlässigten Aspekt in der Diskussion um das Grab Jesu, in: ZNW 73 (1982), S. 159-182.

Pannenberg, Wolfhart: Systematische Theologie, Bd. II, Göttingen 1991.

Perrin, Norman: Was lehrte Jesus wirklich? Rekonstruktion und Deutung, Göttingen 1972.

Pesch, Rudolf: Die Apostelgeschichte, 1. Teilbd.: Apg 1-12 (EKK V/1), Zürich / Einsiedeln / Köln / Neukirchen-Vluyn 1986.

Petersen, Claus: The Times They Are A-Changin'. Anknüpfung an Jochen Vollmer, in: DtPfrBl 97 (1997), S. 287-289.

Pfister, Oskar: Die psychologische Enträtselung der religiösen Glossolalie und der automatischen Kryptographie, in: Jahrbuch für psychoanalytische und psychopathologische Forschungen, Bd. 3, Leipzig / Wien 1912, S. 427-468.730-794.

Pfister, Oskar: Die Entwicklung des Apostels Paulus, in: Imago 6 (1920), S. 243-290.

Pleitner, Henning: Schweitzers Suche nach einem Zugang zu Jesus als Weg zur ›Ehrfurcht vor dem Leben‹, in: Wolfgang Erich Müller (Hg.), Zwischen Denken und Mystik. Albert Schweitzer und die Theologie heute (BASF 5), Bodenheim 1997, S. 54-71.

Popkes, Wiard: Christus traditus. Eine Untersuchung zum Begriff der Dahingabe im Neuen Testament (AThANT 49), Zürich 1967.

Rahner, Karl: Versöhnung und Stellvertretung (1983), in: ders., Schriften zur Theologie, Bd. XV: Wissenschaft und christlicher Glaube, bearb. v. Paul Imhof, Zürich / Einsiedeln / Köln 1983, S. 251-264.

Rau, Eckhard: Jesu Auseinandersetzung mit Pharisäern über seine Zuwendung zu Sünderinnen und Sündern. Lk 15,11-32 und Lk 18,10-14a als Worte des historischen Jesus, in: ZNW 89 (1998), S. 5-29.

Reichardt, Michael: Die psychologische Erklärung der Ostervisionen in der Exegese seit D. F. Strauß unter Berücksichtigung der Ergebnisse der gegenwärtigen Psychologie, Theol. Diplomarbeit Bamberg 1991.

Reinbold, Wolfgang: Die »Hellenisten«. Kritische Anmerkungen zu einem Fachbegriff der neutestamentlichen Wissenschaft, in: BZ.NF 42 (1998), S. 96-102.

Reiser, Marius: Die Gerichtspredigt Jesu. Eine Untersuchung zur eschatologischen Verkündigung Jesu und ihrem frühjüdischen Hintergrund (NTA.NF 23), Münster 1990.

Reuß, Jörg-Dieter: Jesus und der Sühnegedanke. Überlegungen zur heutigen Problematik der Kreuzestheologie (FFCh 23), Stuttgart ^{4}1993 (^{1}1991).

Reuß, Jörg-Dieter: Christozentrische Pluralität. Wie deuten die vier Evangelisten den Kreuzestod Jesu?, in: DtPfrBl 97 (1997), S. 285-287.

Riniker, Christian: Die Gerichtsverkündigung Jesu, Diss. theol. masch. Bern 1992.

Robinson, James M.: Der wahre Jesus? Der historische Jesus im Spruchevangelium Q, in: ZNT (= Zeitschrift für Neues Testament. Das Neue Testament in Universität, Kirche, Schule und Gesellschaft, hg. v. Stefan Alkier, Kurt Erlemann u. Roman Heiligenthal) 1, H. 1/1998, S. 17-26.

Roloff, Jürgen: Anfänge der soteriologischen Deutung des Todes Jesu (Mk. X. 45 und Lk. XXII. 27), in: NTS 19 (1972), S. 38-64.

Roloff, Jürgen: Die Kirche im Neuen Testament (GNT 10), Göttingen 1993.

Rust, Hans: Das Zungenreden. Eine Studie zur kritischen Religionspsychologie (Grenzfragen des Nerven- und Seelenlebens, H. 118), München 1924.

Samarin, William J.: Tongues of Men and Angels, New York / London 1972.

Sauer, Jürgen: Rückkehr und Vollendung des Heils. Eine Untersuchung zu den ethischen Radikalismen Jesu (Theorie und Forschung, Bd. 133 / Philosophie und Theologie, Bd. 9), Regensburg 1991.

Schäfer, Peter: Art. Geist / Heiliger Geist / Geistesgaben II. Judentum, in: TRE 12, Berlin / New York 1984, S. 173-178.

Schellong, Dieter: »Was sucht ihr den Lebendigen bei den Toten?« Rückfragen zur Suche nach dem »historischen Jesus«, in: Einwürfe, hg. v. Friedrich-Wilhelm Marquardt, Dieter Schellong u. Michael Weinrich, Bd. 6, München 1990, S. 2-47.

Schenke, Ludger: Die Urgemeinde. Geschichtliche und theologische Entwicklung, Stuttgart / Berlin / Köln 1990.

Schmeller, Thomas: Brechungen. Urchristliche Wandercharismatiker im Prisma soziologisch orientierter Exegese (SBS 136), Stuttgart 1989.

Schmithals, Walter: Gibt es Kriterien für die Bestimmung echter Jesusworte?, in: ZNT (= Zeitschrift für Neues Testament. Das Neue Testament in Universität, Kirche, Schule und Gesellschaft, hg. v. Stefan Alkier, Kurt Erlemann u. Roman Heiligenthal) 1, H. 1/1998, S. 59-64.

Schnackenburg, Rudolf / Knoch, Otto: Ist der Gedanke des Sühnetodes Jesu der einzige Zugang zum Verständnis unserer Erlösung durch Jesus Christus?, in: Karl Kertelge (Hg.), Der Tod Jesu. Deutungen im Neuen Testament (QD 74), Freiburg i.Br. / Basel / Wien ^{2}1982 (^{1}1976), S. 205-225.

Schottroff, Luise: Das geschundene Volk und die Arbeit in der Ernte Gottes nach dem Matthäusevangelium, in: Luise u. Willy Schottroff (Hg.), Mitarbeiter der Schöpfung. Bibel und Arbeitswelt, München 1983, S. 149-206.

Schramm, Tim: Die dritte Runde. Der historische Jesus im Spiegel der neueren Forschung, in: Gemeinschaft am Evangelium (FS

Wiard Popkes), hg. v. Edwin Brandt, Paul S. Fiddes u. Joachim Molthagen, Leipzig 1996, S. 257-280.

Schüngel, Paul: Die Kraft des Ursprungs. Ein Sachbuch zum Neuen Testament, Zürich / Basel 1992.

Schweitzer, Albert: Colleg über den Galaterbrief, Sommersemester 1906, H. II.

Schweitzer, Albert: Geschichte der Leben-Jesu-Forschung (UTB 1302), Tübingen ^{9}1984 (^{2}1913).

Schweitzer, Albert: Aus meinem Leben und Denken. Mit einem abschließenden Kapitel »Die weiteren Jahre« (1931-1965) von Rudolf Grabs, Hamburg 1980.

Schweitzer, Albert: Die Religion im heutigen Geistesleben, Hibbert-Vorlesungen 1934 (masch. Ms. von Johann Zürcher).

Schweitzer, Albert: Straßburger Predigten, hg. v. Ulrich Neuenschwander, München ^{3}1993 (^{1}1966).

Schweitzer, Albert: Reich Gottes und Christentum, hg. v. Ulrich Luz, Ulrich Neuenschwander u. Johann Zürcher (Werke aus dem Nachlaß, Bd. 1), München 1995.

Schweizer, Eduard: Art. πνεῦμα, πνευματικός κτλ. E. Das Neue Testament, in: ThWNT 6, Stuttgart 1959, S. 394-449.

Seeley, David: The Noble Death. Graeco-Roman Martyrology and Paul's Concept of Salvation (JSNT.S 28), Sheffield 1990.

Simonis, Walter: Jesus von Nazareth. Seine Botschaft vom Reich Gottes und der Glaube der Urgemeinde. Historisch-kritische Erhellung der Ursprünge des Christentums, Düsseldorf 1985.

Sleeper, C. Freeman: Pentecost and Resurrection, in: JBL 84 (1965), S. 389-399.

Spoerri, Theodor: Ekstatische Rede und Glossolalie, in: ders. (Hg.), Beiträge zur Ekstase, Basel / New York 1968, S. 137-153.

Steffensky, Fulbert: Glossolalie – Zeichen – Symbol. Bemerkungen zum Symbolgebrauch in christlichen Gottesdiensten, in: JLH 17 (1972), S. 80-91.

Stegemann, Wolfgang: Wanderradikalismus im Urchristentum? Historische und theologische Auseinandersetzung mit einer interessanten These, in: Willy Schottroff / Wolfgang Stegemann (Hg.), Der Gott der kleinen Leute. Sozialgeschichtliche Bibelauslegungen, Bd. 2: Neues Testament, München / Gelnhausen / Berlin / Stein 1979, S. 94-120.

Stoellger, Winfried: Ein protestantisches Märchen. Bemerkungen zur Medienrezeption eines Buches, in: PTh 84 (1995), S. 89-96.

Strauß, David Friedrich: Das Leben Jesu, kritisch bearbeitet, 2 Bde., Tübingen 1835/1836 (Nachdr. 1984).

Strauß, David Friedrich: Das Leben Jesu für das deutsche Volk bearbeitet, 2 Bde., Bonn ^{14}1904 (Leipzig ^{1}1864).

Strauß, David Friedrich: Der alte und der neue Glaube. Ein Bekenntniß, hg. v. Eduard Zeller, Bonn $^{12-14}$1895 (^{1}1872).

Strecker, Georg: Art. Entrückung, in: RAC 5, Stuttgart 1962, S. 461-476.

Strecker, Georg: Die Bergpredigt. Ein exegetischer Kommentar, Göttingen 1984.

Strecker, Georg: Theologie des Neuen Testaments, bearb., erg. u. hg. v. Friedrich Wilhelm Horn, Berlin / New York 1996.

Strobel, Regula: Feministische Kritik an traditionellen Kreuzestheologien, in: Doris Strahm / Regula Strobel (Hg.), Vom Verlangen nach Heilwerden. Christologie in feministisch-theologischer Sicht, Fribourg / Luzern 1991, S. 52-64.

Strobel, Regula: Das Kreuz im Kontext feministischer Theologie. Versuch einer Standortbestimmung, in: Doris Strahm / Regula Strobel (Hg.), Vom Verlangen nach Heilwerden. Christologie in feministisch-theologischer Sicht, Fribourg / Luzern 1991, S. 182-193.

Stuhlmacher, Peter: Brief an einen Studienfreund, in: ders. / Helmut Claß, Das Evangelium von der Versöhnung in Christus, Stuttgart 1979, S. 5-11.

Stuhlmacher, Peter: Zur Predigt an Karfreitag, in: Anfänge der Christologie (FS Ferdinand Hahn), hg. v. Cilliers Breytenbach u. Henning Paulsen, Göttingen 1991, S. 447-472 (Neubearb. des Aufsatzes in: Theo Sorg / ders., Das Wort vom Kreuz. Zur Predigt am Karfreitag, Stuttgart 1996, S. 11-49.113-118).

Stuhlmacher, Peter: Biblische Theologie des Neuen Testaments, Bd. 1: Grundlegung. Von Jesus zu Paulus, Göttingen 1992.

Stuhlmacher, Peter: Die Auferweckung Jesu und die Auferweckung der Toten, in: PTh 84 (1995), S. 72-88.

Stuhlmacher, Peter: Jes 53 in den Evangelien und in der Apostelgeschichte, in: Bernd Janowski / Peter Stuhlmacher (Hg.), Der leidende Gottesknecht. Jesaja 53 und seine Wirkungsgeschichte (FAT 14), Tübingen 1996, S. 93-105.

Theißen, Gerd: Wanderradikalismus. Literatursoziologische Aspekte der Überlieferung von Worten Jesu im Urchristentum (1973), in: ders., Studien zur Soziologie des Urchristentums (WUNT 19), Tübingen ^{3}1989, S. 79-105.

Theißen, Gerd: Urchristliche Wundergeschichten (StNT 8), Gütersloh ^{6}1990 (^{1}1974).

Theißen, Gerd: Soziologie der Jesusbewegung. Ein Beitrag zur Entstehungsgeschichte des Urchristentums, München ^{5}1988 (^{1}1977).

Theißen, Gerd: »Wir haben alles verlassen« (Mc. X. 28). Nachfolge und soziale Entwurzelung in der jüdisch-palästinischen Gesellschaft des 1. Jahrhunderts n. Ch. (1977), in: ders., Studien zur Soziologie des Urchristentums (WUNT 19), Tübingen ^{3}1989, S. 106-141.

Theißen, Gerd: Psychologische Aspekte paulinischer Theologie, Göttingen ^{2}1993 (^{1}1983: FRLANT 131).

Theißen, Gerd / Merz, Annette: Der historische Jesus. Ein Lehrbuch, Göttingen 1996.

Theißen, Gerd / Winter, Dagmar: Die Kriterienfrage in der Jesusforschung. Vom Differenzkriterium zum Plausibilitätskriterium (NTOA 34), Freiburg, Schweiz / Göttingen 1997.

Thiede, Werner: Vorgeschmack auf eine neue Wirklichkeit, in: RhM vom 18.3.1994, S. 26.

Tödt, Heinz Eduard: Der Menschensohn in der synoptischen Überlieferung, Gütersloh ^{5}1984 (^{1}1959).

Valtink, Eveline (Hg.), Das Kreuz mit dem Kreuz. Feministisch-theologische Anfragen an die Kreuzestheologie – Ansätze feministischer Christologie (Hofgeismarer Protokolle 273), Ev. Akademie Hofgeismar, 1990.

Versnel, Hendrik Simon: Quid Athenis et Hierosolymis? Bemerkungen über die Herkunft von Aspekten des »effective death«, in: Jan Willem van Henten (Hg.), Die Entstehung der jüdischen Martyrologie (StPB 38), Leiden 1989, S. 162-196.

Vielhauer, Philipp: Art. Propheten III A. Im NT, in: RGG[3] 5, Tübingen 1961, Sp. 633 f.

Vielhauer, Philipp: Geschichte der urchristlichen Literatur. Einleitung in das Neue Testament, die Apokryphen und die Apostolischen Väter, Berlin / New York [2]1978.

Vinay, Valdo: Art. Savonarola, Hieronymus, in: RGG[3] 5, Tübingen 1961, Sp. 1379 f.

Vivier-van Etveldt, Lincoln M.: Glossolalie, Diss. Johannesburg 1960.

Vögtle, Anton: Todesankündigungen und Todesverständnis Jesu, in: Karl Kertelge (Hg.), Der Tod Jesu. Deutungen im Neuen Testament (QD 74), Freiburg i.Br. / Basel / Wien [2]1982 ([1]1976), S. 51-113.

Vollenweider, Samuel: Ostern – der denkwürdige Ausgang einer Krisenerfahrung, in: ThZ 49 (1993), S. 34-53.

Vollenweider, Samuel: Rez. zu Friedrich Wilhelm Horn, Das Angeld des Geistes. Studien zur paulinischen Pneumatologie (1992), in: ThLZ 120 (1995), Sp. 147-150.

Vollmer, Jochen: Zur Deutung des Todes Jesu, in: DtPfrBl 97 (1997), S. 119-122.

Vorster, Willem S.: Jesus: Eschatological Prophet and / or Wisdom Teacher?, in: HTS 47 (1991), S. 526-542.

Weinel, Heinrich: Die Wirkungen des Geistes und der Geister im nachapostolischen Zeitalter bis auf Irenäus, Freiburg i.Br. / Leipzig / Tübingen 1899.

Weiser, Alfons: Die Knechtsgleichnisse der synoptischen Evangelien (StANT 29), München 1971.

Weiser, Alfons: Was die Bibel Wunder nennt. Ein Sachbuch zu den Berichten der Evangelien, Stuttgart [7]1988 ([1]1975).

Weiser, Alfons: Der Tod Jesu und das Heil der Menschen. Aussageweisen von Erlösung im Neuen Testament, in: BiKi 41 (1986), S. 60-67.

Weiß, Johannes: Die Predigt Jesu vom Reiche Gottes, Göttingen [1]1892, [2]1900 (= [3]1964, hg. v. Ferdinand Hahn, mit einem Geleitwort von Rudolf Bultmann).

Weiße, Christian Hermann: Die evangelische Geschichte kritisch und philosophisch bearbeitet, Bd. II, Leipzig 1838.

Welker, Michael: Die Wirklichkeit des Auferstandenen. Gerd Lüdemanns aufklärerischer Fundamentalismus, in: EK 4/1996, S. 206 f.

Wellhausen, Julius: Das Evangelium Matthaei, Berlin ²1914 (¹1904).

Wengst, Klaus: Christologische Formeln und Lieder des Urchristentums (StNT 7), Gütersloh ²1973.

Wengst, Klaus: Art. Glaubensbekenntnis(se) IV. Neues Testament, in: TRE 13, Berlin / New York 1984, S. 392-399.

Wenschkewitz, Hans: Die Spiritualisierung der Kultbegriffe Tempel, Priester und Opfer im Neuen Testament, in: Angelos.B 4 (1932), S. 70-230.

Wenz, Gunther: Geschichte der Versöhnungslehre in der evangelischen Theologie der Neuzeit, Bd. 1 (MMHST 9), München 1984.

Williams, Sam K.: Jesus' Death as Saving Event. The Background Origin of a Concept, in: HDR 2 (1975), S. 230-254.

Wißmann, Hans / Betz, Otto: Art. Entrückung, in: TRE 9, Berlin / New York 1982, S. 680-690.

Wünsche, Matthias: Der Ausgang der urchristlichen Prophetie in der frühkatholischen Kirche. Untersuchungen zu den Apostolischen Vätern, den Apologeten, Irenäus von Lyon und dem antimontanistischen Anonymus (CThM.ST 14), Stuttgart 1997.

Zager, Dorothea / Zager, Werner: Albert Schweitzer – Impulse für ein wahrhaftiges Christentum, Neukirchen-Vluyn 1997.

Zager, Werner: Begriff und Wertung der Apokalyptik in der neutestamentlichen Forschung (EHS.T 358), Frankfurt a.M. / New York / Paris 1989.

Zager, Werner: Gottesherrschaft und Endgericht in der Verkündigung Jesu. Eine Untersuchung zur markinischen Jesusüberlieferung einschließlich der Q-Parallelen (BZNW 82), Berlin / New York 1996.

Zager, Werner: Die Pfingstpredigt bei Albert Schweitzer, in: DtPfrBl 98 (1998), S. 259-262.

Zager, Werner: Art. Salbung III. Neues Testament, in: TRE 29, Berlin / New York 1998, S. 711-714.

Stellenregister

Die kursiv gedruckten Seitenzahlen beziehen sich auf die Anmerkungen.

I. Altes Testament

II. Apokryphen und Pseudepigraphen des Alten Testaments

III. Neues Testament

IV. Neutestamentliche Apokryphen

V. Apostolische Väter

VI. Christliche Schriftsteller

VII. Pagane antike Literatur

Sach- und Personenregister

Die kursiv gedruckten Seitenzahlen beziehen sich auf die Anmerkungen.

X, 144 Seiten
DM 29,80 / öS 218,– / sFr 27,50
ISBN 3-7887-1658-4

NEUKIRCHENER

IX, 161 Seiten
DM 48,– / öS 350,– / sFr 44,50
ISBN 3-7887-1686-X

NEUKIRCHENER